• 衛斯理小說典藏版 73 •

衛斯理
親自演繹衛斯理

《後備》

新之又新的序言，最新的

衛斯理小說從第一次出版至今，歷時已近半世紀，總共出了多少正版，還能計得清，若是連盜版一起算，那就算找外星人來算，也算勿清楚哉！不知能不能也算世界紀錄。

算得清好，算勿清也好，能幾十年來不斷出新版，說明不斷有讀者加入，對作者來說，沒有更值得高興的事了，謝謝所有喜歡衛斯理的人，謝謝謝謝。

倪匡

二〇二〇年六月四日 香港

幾句話

寫了四十多年小說，論者將拙作分為三個時期：早、中、晚。在明窗出版的一批，屬於早期和中期的上半。三個時期的創作風格有相當程度的不同，所以風評不一。本人並無偏愛，但讀友對早期的作品，頗有好評，大抵是由於在早、中期作品之中，主要人物精力充沛，活力無窮，所以使故事曲折多變，小說也就格外吸引。明窗出版社此次重新出版這批作品，正好讓大家來證明這一點。

四十餘年來，新舊讀友不絕，若因此而能有新讀友，不亦快哉！

二〇〇五年十一月六日

序言

《後備》這個故事，有十分駭人的假設，這種假設，在幻想故事中並不多見，而且牽涉的範圍極廣，和人類傳統的觀念，完全相反——自然，人類的觀念，在不斷改變，但只怕再也不會有一天會改變到這個故事中所提到的那一程度：勒曼醫院的主持人之一，羅克醫生，甚至主張消滅「低等人」來使得「優等人」生活得更好！

這個故事中的「勒曼醫院」，後來又曾在幾個別的故事中出現過。大富豪陶啟泉也是一樣。湊巧之極的是，故事寫到了一半，發生了故事最後提及的那件行刺案，於是順理成章，被挪來作為增加故事的「真實性」之用，大家都那麼說：要是沒有後備，七十歲老人中了兩槍，怎會復原得如此之快？

《後備》中討論了許多不同的觀念，無痛苦死亡尚未被普遍接受，一切似乎是太久遠之後的事。但再久遠，總會有來臨的時候，早一點討論，似乎也並無不可。

衛斯理（倪匡）

一九八六年十二月二十六日

前言

這篇小說的題目是「後備」。

「後備」不算是一個好的小說題目，比較起「××驚魂」、「血濺××」等題目，沒有什麼刺激性，吸引力好像也比較差。所以，在寫這篇小說之前，曾費了相當長的時間，考慮用另外一個題目，但是想來想去，整篇小說寫的既然是後備的故事，那麼，叫「後備」，雖然沒有什麼石破天驚，語不驚人死不休的效果，至少貼切，所以，仍然以「後備」為題。

後備是一個專用名詞，大多數的情形之下，用在體育運動上。例如一隊球隊，必有後備隊員。以一隊球隊為例，在正常的情形下，後備可能一點也起不了作用，正選球員比賽，後備只是在場外等着。一旦，正選球員表現不理想，有受傷的情形出現，那時候，後備才發生作用，頂替正選，使整個球隊，仍然在正常的情形下進行賽事。

在機械上，也常用到後備這個名詞。任何機械，都由許多零件組成。一組機械，其中特別容易損壞的部分，一定要有後備的配件，以便在出現損壞的情形時，隨時替換。後備配件的作用極大，因為整組機械，可能由於一個極小配件的損壞，而致整個癱瘓，使整部機器，無法進行任何操作。

簡略地介紹了一下後備這個詞的意義，看來好像很乏味，然而整個「後備」的故事，倒是很曲折詭異的。

「後備」，講的就是後備的故事。

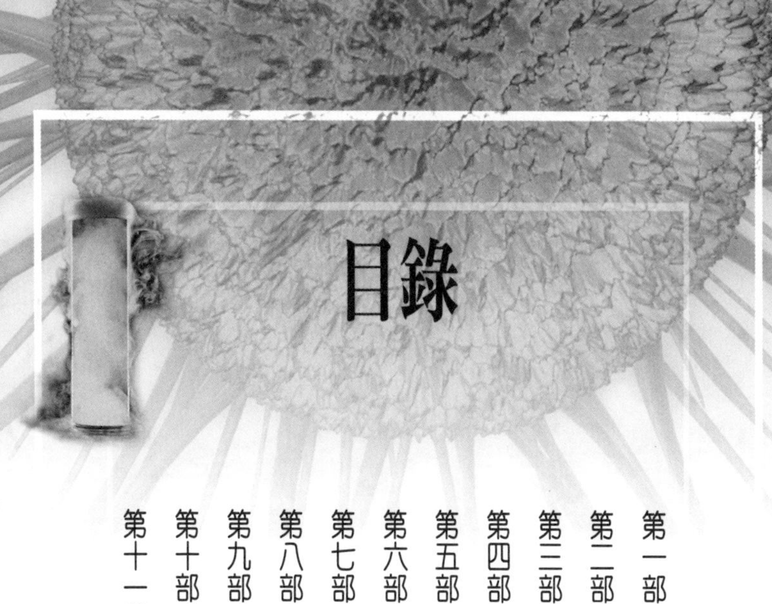

目錄

第一部

怎麼會在這裏出現！

丘倫沒有法子相信自己的眼睛！

他盯着前面，心怦怦地跳着，一時之間，竟忘記了舉起他的攝影機。本來一看到新奇、異特的事物，就立刻舉起攝影機來，那已是他多少年來培養出的職業本能，他從來也不會錯過珍貴的鏡頭，那種職業本能，曾使他多次獲得國際性的獎狀。

可是，如今看到的實在太令他驚愕，他只是呆呆地瞪着他所看到的，無法再有其他別的動作。

丘倫是一個攝影家，或者說，是一個攝影記者。再具體一些說，他是一個自由攝影記者。他的職業是攝影，他在世界各地旅行，拍攝各種照片，然後將照片出售給通訊社、雜誌、報紙。

這是一項相當不錯的職業，尤其對一個本來就喜歡冒險、刺激、旅行和攝影的人來說，那簡直是一門上佳的職業。

丘倫曾在中美洲的原始叢林之中，拍攝過左翼游擊隊活動的照片；曾在亞洲的金三角地區，拍攝過秘密會社會議的情形；曾在海拔七千公尺的山嶺，拍攝過雪人的足；曾在深海一千公尺，拍攝過鯨魚產小魚的剎那……

丘倫曾經用他的攝影機，記錄下時速六百公里的火箭車失事情形；也曾經利用特殊的儀器，攝下了紫羅蘭花的花粉美麗無比的結構。

在他從事職業攝影的過程中，不知道遇到過多少驚險，非洲一個國家的獨裁統治者，就因為他拍下了一個殘酷虐待鏡頭，而出動該國的全國軍警追捕他，據他自己說，他在泥沼之中，抓住了一條大鱷魚的尾巴，逃出了該國國境。

一個曾經有過這樣經歷的人，應該沒有什麼事情可以令得他驚呆，但這時丘倫卻真的呆住了。丘倫這時所在的地方，平靜之極，那是一個小湖邊的一片草地，綠草如茵，野花雜生，湖邊有幾株老樹，樹根曲折盤虬，一半浸在水中。就在湖邊的草地上，丘倫鋪了一張方格桌布，桌布上是一個竹籃，籃中有美酒和食物，還有一具收音機，正在播放着悠揚的音樂。

在小湖對岸，有幾艘小船，近湖岸停着，小船上有人在垂釣。偶然有幾隻水鳥，在水面上低掠而過，令平靜的湖水，蕩起一圈圈的水花。

這是一個極理想的度假地方，最適宜於和愛人靜靜地消磨時光。

而丘倫到這裏來，正是如此。十天前，他在酒會裏認識了海文之後，這樣的約會，已經是第三次了。

幾秒鐘之前，丘倫還怔怔地望着海文的背影，長髮隨着微風輕拂而飄動，海文坐在近湖邊的樹根上，正用一根樹枝，輕輕地在拍打着湖水，而丘倫也正想湊近去，對她講一句他在心中已盤算了好幾天，而找不到適當時機講出來的話。

這樣的環境，這樣的情景，應該是最適宜講這句話的時刻。丘倫在他三十二年的生命之中，曾講過無數的話，就是沒有對所愛的異性講過這句話，所以他明知道是最好的時刻，還是有多少猶豫。

如果不是他猶豫了一下，他就不會聽到身後那一下輕微的聲響，也不會轉過頭去，看到那令人驚愕得不知所措的情形。

但是他卻偏偏猶豫着，所以他聽到了那一下聲音，他轉過頭去，他看到了那個人。

千萬別以為他看到了一個什麼八隻眼睛，六條腿，頭上長着觸鬚的怪人，絕不是，他看到的只是一個普通人，那個人，大概有一百七十公分高，膚色出奇地蒼白，雙眼失神，就在他的身後，不到十公尺處，站着，失神的雙眼甚至不是望着丘倫，而只是盯着草地上的那具正在播出音樂的收音機。

那個人的身上，穿着一件極其奇特的衣服，那簡直只是一幅布，套在一個人的身上。

令得丘倫在剎那之間感到如此程度吃驚的，當然就是這個人，即使和心儀的女性一起野餐時，丘倫的攝影機，也隨身攜帶着，可是一時之間，他竟然忘了舉起它來。

這個人，丘倫認識，絕對認識。

就在半個月前，丘倫還曾替他拍過照，丘倫在離這個人的身側，大約十五公尺處，替他拍過照，而這個人，正對着十萬以上的群眾在演講。

這個人，是一個才通過極其縝密的陰謀而奪得了政權的一個亞洲國家的元首，齊洛將軍。

齊洛將軍在發表他就任國家元首後的第一次公開演説，幾乎每一句話，都引起上萬群眾的掌聲。丘倫全副攝影配備，在演講台的左側擠上去，向神采飛揚的齊洛將軍拍照。

他的記者證是特許的，事先經過極其嚴格的審查，但是由於他擠得太近了，當他舉起相機之際，兩個護衛安全人員已採取行動，一個用槍托在他的腹際，重重撞了一下，另一個立時搶下了他的相機。還有兩個便衣，在他的身後，將他的雙臂，反扭了過來。

這樣的情形，丘倫也不是第一次遇到，他想張口叫嚷，可是在他身後的一個已經捂住了他的口，不讓他發出任何聲音。訓練有素的保安人員，又有幾個衝了過來，排成一堵人牆，遮住其餘人的視線，於是，丘倫就被人推着、拉着，塞進了一輛小卡車，疾駛而去。

一直到六小時之後，當天晚上，丘倫才從一間密室中被叫出來，眼睛上蒙上黑布，再被推上車子，經過了大約半小時，他再被人推出來，步行了十分鐘，停下，解開了蒙眼的黑布。

光線很明亮，刺眼，丘倫身在一間佈置得華麗無匹的房間，一張巨大的寫字枱之後，坐着齊洛將軍。

寫字枱上，放着幾張放大了的照片，丘倫看出那幾張齊洛將軍在演說時神態的照片，正是他自己的作品，也就是他在被捕之前拍下來的。齊洛將軍看着照片，神情像是很滿意。當保安人員向齊洛將軍低聲說了一句什麼之後，齊洛將軍抬起頭來，盯着丘倫：「你替多少個國家元首拍過照片？」

丘倫吸了一口氣：「超過三十位。」

齊洛將軍點了點頭：「不錯，照片，你準備在哪裏發表？」

丘倫道：「當然是世界性的報章、雜誌。」

齊洛將軍指着照片：「我左邊臉頰上，有兩顆並列的痣。你為什麼特別誇張這兩顆痣？」

丘倫道：「我認為這樣，更可以表現出閣下堅強不屈的性格。」

齊洛看着照片，緩緩點着頭：「保安人員向我報告，說當時你的行動，太過分了，所以才將你扣留，那只是誤會，希望你別見怪。」

丘倫有點受寵若驚，忙道：「當然不會。」

齊洛將軍站了起來，他個子不高，大約一百七十公分，但是神態十分威武，他揮着手：「你可以得回你的一切東西。希望你別作不利於我們的報道。」

丘倫道：「我一向不作文章報道，只是攝影，而攝影機的報道，總是最忠實的。」

齊洛將軍笑了笑，又側頭看着照片，一面摸着他左頰上那兩顆相當大的痣，樣子很滿意。

這次會見齊洛將軍，給丘倫的印象，極其深刻，所以丘倫一下子，憑着他攝影家的敏銳觀察力，他立即就可以認出，眼前那個人，就是齊洛將軍。

齊洛將軍左頰上的那兩顆痣，是他貌相上的特徵，丘倫毫無疑問可以一下就認出來。

這個人，除了齊洛將軍之外，不可能是另一個人。

但是齊洛將軍怎麼會出現在這裏，歐洲的一個小湖旁？他來度假？他才得到政權不久，正日以繼夜地在剷除反對勢力，鞏固他的政權，哪裏會有這樣的閒情逸趣？

何況，就算是他來度假，那一定會是世界性的新聞，因為齊洛將軍正是今年世界風雲人物之一。

當丘倫望着眼前這個人，驚愕得發呆，忘了一切動作之際，那個人仍然只是怔怔地望着草地上的收音機，彷彿他一輩子也沒有見到過會發出聲音來的東西。

丘倫的驚愕，其實只維持了極短的時間，大約是半分鐘左右。

接着，他不由自主，發出了一下驚呼聲，指着他面前的那個人。那個人被他的驚呼聲驚動，向他望來，現出極駭然的神色。

丘倫未曾有什麼進一步的動作，就看到一輛車子，疾駛而至。那車子，是普通高爾夫球場中使用的那種，來勢極快，一下就衝到了近前，車上，除了駕車的人之外，還有兩個壯漢。

那兩個壯漢，在車子還未停下，就一躍而下，奔向那個駭然望着丘倫的人，動作快而純熟，一下子抓住了那個人，將他推上了車子，車子又立時疾駛而去。

丘倫從極度的驚愕中醒來，他又發出了一下大叫聲：「喂，你們幹什麼？」他一面叫，一面一躍而起，向前追去。可是車子駛得十分快，丘倫立即發現，自己無法追上那輛車子，他仍然向前奔着，一面舉起了攝影機，不斷地按着快門，直到拍盡了相機中的軟片。

丘倫奔上了公路，看着那輛車子，在公路前面，轉進了一條小路，而在小路的盡頭處，是一棟看來相當古老的紅磚建築物。車子正向着那棟建築物疾駛而去。

丘倫無法看清那輛車子是不是駛進了那棟紅磚建築物，因為在建築物前面，有一片林子，車子駛進了林子之後，丘倫就再也看不見了。

當丘倫喘着氣，再回到湖邊的時候，他不禁苦笑，他約來的女朋友海文，沉着臉，看樣子已準備離去，桌布上的竹籃和收音機，都已不見，收音機在哪裏不得而知，竹籃則在湖面上飄浮，在竹籃附近浮着的，則是他精心選擇過的一瓶美酒。

丘倫攤着手，想解釋幾句，可是卻實在不知道說什麼才好，支吾了好一會，他才道：「我……剛才……突然看到一個人！」

海文連望也不望他，冷冷地道：「看到了一個人，就會發瘋，全世界有四十二億人。」

丘倫再想解釋說，他看到的人，是一個國家的元首齊洛將軍，可是丘倫卻沒有再說什麼，因為他突然發現，一個再美麗的女人，不問情由就生氣，就不可愛，他反倒有點欣幸自己剛才並沒有將那句盤算了幾天的話說出來。

海文顯然還在等候丘倫的道歉，但是丘倫卻道：「看來你想回去了？很對不起，我有一點事，請你自己找車子回去。」

丘倫這句話才一出口，眼前一花，接着就是「啪」地一聲響，他還未曾知道發生什麼事，又聽到海文的一聲怒吼。臉上忽然辣辣地痛了起來。他才知道捱了一記耳光。而當他定過神來，轉過頭去看時，海文已經走向公路，看起來，海文要在公路上截一輛路過的車子，輕而易舉。

丘倫摸着發燙的臉頰，苦笑。

海文是聯合國機構的翻譯員，美麗動人，追求者甚多，在認識丘倫之後，對丘倫有一定的好感。丘倫如果不是在想對海文說那句話前猶豫了一下的話，以後的發展就大不相同。而今，當然不論花多少心機，也無補於事了。

事後，海文還是氣憤不已，對人說起丘倫的時候，咬牙切齒，有如下的評論：

「這個人是瘋子，莫名其妙，在應該說『我愛你』的時候，他會像發了羊癇症一樣，驚叫起來。會把女人拋在離城市五十多公里的郊外，要女朋友自己回去！天下沒有比他更混賬的男人，哼，還好給我看到了他的真面目，沒有被他所騙。」

評論自然極壞。但是是好是壞，對丘倫來說，實在沒有什麼分別，因為丘倫已經沒有機會聽到她的評論了。

在丘倫身上，又發生了一些事，或者說，發生了極度的意外。

丘倫眼看着海文截住了一輛車，駕車的人是一個金髮男子，丘倫揮着手，海文連頭也不回。丘倫向他自己的車子走去。

當他來到車子旁邊的時候，一個看來像是流浪漢一樣的男人，帶着笑臉，來到了他的身邊：「先生，和女朋友吵架了？」

丘倫悶哼了一聲，沒有回答，那男子又道：「真可惜，我還看到了她將一瓶酒拋進了湖中，那一定是一瓶好酒？」

丘倫嘆了一聲：「是，一九四九年的。」

那男人發出了一下尖銳的口哨聲：「糟蹋美酒的女人，罪不可恕。」

丘倫苦笑着，拉開了車門，他在那一剎那間，心中陡地一動：「在公路那頭，有一小路，小路的盡頭，一片樹林後面，有一棟紅磚的建築物，那是——」

那流浪漢道：「那是一座私人療養院——」他隨即又作了一個鬼臉：「大多數是神經病人，在那裏接受治療。」

丘倫「哦」地一聲，他想起來了，令他驚愕的那個男人，身上所穿的那件衣服，樣子十分怪，看來正是精神病院病人所穿。

如果那是一間精神病院，其中的一個病人逃了出來，被人捉回去，那是極普通的一件事，奇怪是在何以這個人看起來和齊洛將軍一模一樣？

丘倫發怔，那流浪漢又道：「先生，你對精神病院有興趣？」

丘倫揮了揮手：「誰會對精神病院有興趣？不過，不過……」

丘倫不知道說什麼才好，他心中有疑團，想找人說一說，但也決計不會無聊到對一個不相識的流浪漢說。所以，他沒有說下去，就上了車。卻不料他一上車，那流浪漢竟老實不客氣地打開了另一邊的車門，就在他的身邊坐了下來。

丘倫瞪着那流浪漢，流浪漢向他陪笑：「先生，載我一程好麼？」

丘倫有點生氣：「載你到哪裏去？」

流浪漢作了一個手勢：「隨便。」

丘倫嘆了一聲，取了一些鈔票，給那流浪漢，誰知道對方卻現出十分委屈的神情來：「先生，我不是乞丐，不要人家的施捨，除非你要我做些什麼。」

丘倫啼笑皆非：「好，我要你立刻下車。」

流浪漢的神情更委屈，叫了起來：「這是極大的侮辱。」

丘倫無可奈何：「好了，你替我……替我……」

丘倫實在想不到有什麼事可以叫那個流浪漢做的，但是一轉念間，他想到了：「好，你替我打一個電話，長途電話，打給我住在東方的一個朋友。」

流浪漢高興起來：「樂於效勞，我該講些什麼？」

丘倫道：「你告訴他，我在這裏，見到了齊洛將軍，這就行了。我的名字是丘倫，我的朋友，叫衛斯理。」

丘倫將鈔票遞向流浪漢，流浪漢接過了鈔票，欣然下車，丘倫駕着車子，轉進了那條小路，駛向那片林子。

我放下電話，抬頭向坐在沙發上的白素望去：「神經病！」

白素連頭也不抬起來。

我又道：「丘倫，這傢伙，特地託人打了一個長途電話來，說他在歐洲的一個小湖邊，看到了軍事強人齊洛將軍。」

白素向几上的報紙望了一眼，報紙的第一版上，正有着齊洛將軍的照片，齊洛將軍在國內開始實行鐵腕統治，因為有一個他的反對者逃到了鄰國，他已下令向鄰國開火，這是震動全世界的新聞。

我又道：「這個人，老是瘋瘋癲癲的，想內幕新聞想得發了瘋。齊洛將軍——報上怎麼說？」

白素道：「報上說他將會親自率軍去進攻鄰國，看來正是一個瘋子。」

我沒有說什麼，繼續進行我在聽電話前的工作，根本沒有將那個電話放在心上——像這樣的電話，如果我要認真的話，一天有兩百四十小時都不夠用。

白素順手拿起報紙來翻看，忽然道：「通訊說，齊洛將軍最喜歡採用的照片，是丘倫拍攝的，他真的見過他。」

我道：「是，但絕不是在歐洲中部的一個小湖邊。」白素仍在翻看報紙，過了一會，她又道：「原來丘倫在拍攝齊洛將軍的照片時，還曾被保安人員拘捕過。」

我放下了手頭的工作，直了直身子：「你老是提丘倫和齊洛將軍，想說明什麼？」

白素笑着：「我想說明，丘倫見過齊洛，對齊洛的印象十分深刻，他不應該認錯人。」

我悶哼了一聲：「我是根據事實來判斷。再說，就算他在歐洲中部的一個小湖邊遇到了齊洛將軍，那又怎麼樣？」

白素「嗯」地一聲：「對，就算是，也沒有什麼特別。」她說着，放開了報紙，不再和我討論這件事。

我在再開始工作時，看了看案頭日曆，那一天，是三月二十四日。

第二部

大人物的輕微損傷

三月二十四日，下午二時，阿拉伯一個小酋長國石油部長的辦公室中，石油部長阿潘特正在發怒。

阿潘特有十分英俊的外形，他的正式稱呼，應該是阿潘特王子，或者是阿潘特博士——牛津大學經濟學博士。阿潘特現在的職位是石油部長，未來的職位，肯定是這個小酋長國的元首。

這個小酋長國的土地面積不大，人口也不到一百萬，但是在國際上的地位卻十分重要，因為這個小酋長國的所有領土，幾乎全是浮在質量最優的石油上。小酋長國出產的石油，各先進工業國爭相購買。

阿潘特才接見了一個日本代表，那個日本代表，是代表了日本三個大企業機構來晉見他，開始會談時，氣氛十分好，但是那日本代表，愈講愈靠近他。由於當時在談論的，是一個雙方都感到十分有興趣的問題，這個問題如達成協議，可以使阿潘特王子個人的銀行戶頭，每年增加九位數字以上的瑞士法郎的存款，所以阿潘特並沒有注意到那個日本人離得他太近了。

日本人講得起勁，口沫橫飛，突然拿起了桌上的金質裁紙刀，揮舞着，作加強語氣的手勢，在絕不經意的情形之下，裁紙刀的刀尖，忽然刺中了阿潘特王子的手背，刀尖刺破了表皮，血流了出來。

日本人大驚失色，嚷叫着出了辦公室，辦公室外的人立時進來，阿潘特王子用口吮着傷口，血很快就止住，只不過割傷了一點點，那是一件小事，原不足以令得阿潘特王子生氣。

可是，那日本人在混亂中，嚷着出了辦公室之後，卻沒有再回來，阿潘特等了十多分鐘，不耐煩了，吩咐秘書打電話到日本大使館去查詢。

日本大使館的回答是：我們從來也不知道敝國有這樣的一個代表到來。那個自稱代表了日本三大企業的日本人是假冒的。

阿潘特王子立時緊張起來，一面下令徹查何以一個假冒的日本代表，竟可以通過複雜的晉見手續，來到辦公室和他面對面地講話，並且還用一柄鋒利可以致人於死的刀刺傷了他。

同時，阿潘特王子立時驅車到醫院，由全國所能召集的最好的醫生和化驗師，替他作緊急檢查，他曾被那個來歷不明的日本人所刺傷，如果有什麼毒藥在那柄刀上，那實在不堪設想。

阿潘特王子的怒氣，維持了三天，在這期間，他甚至拒絕參加一個國際性石油會議。

三天之後，查明了以下幾件事：

假冒身分的日本人，經過極精密的設計，所使用的文件，簡直和真的一樣，顯然是一個大集團的傑作，很難是個人力量所能達到。

阿潘特王子手背上的傷口，已完全痊癒，沒有毒，當然也沒有發炎惡化，什麼事都沒有。

阿潘特王子辦公室中，有不少價值連城的陳列品，一點損失都沒有。那個假冒身分的日本人，竟不知他有什麼目的。

阿潘特王子事情忙，不久就忘記了這件事，只是對接見人，更加小心。

但是沙靈卻沒有忘記這件事。沙靈是英國人，保安專家，曾任英國情報局高級官員，退休後，受聘來這個小酋長國，負責這個小酋長國首腦人物的保安工作。

假冒事件發生之後，沙靈展開了調查工作，然而，那日本人卻像是在空氣中消失了一樣，從此再也沒有露過面。

為了進一步調查，沙靈親赴日本，在日本經過了十多天調查，一無所獲，離開日本，經過我居住的城市，停留了一天，來看我。

我和沙靈是老朋友了，他今年六十六歲，可是身體精壯如中年，頭腦靈活如青年。

在我的書房中，他一面晃着酒杯，令杯中冰塊輕輕相碰，發出悅耳的「叮叮」聲，一面將假冒身分日本人的事，詳細講給我聽：「照你看，這個日本人目的是什麼？」

我想了一想：「看來，好像是想行刺，但由於臨時慌張，所以倉惶逃走。」

沙靈搖頭：「不，那柄裁紙刀相當鋒利，如果他一下子刺進阿潘特王子的心臟，他已經可以達到目的，他不是來行刺的。」

我道：「或許是一個記者，想獲得什麼特有消息。」

沙靈又搖頭道：「也不是，他根本沒有獲得什麼消息，談話的內容，只不過是想獲得額外的石油供應。」

我吸了一口氣：「有什麼損失？」

沙靈苦笑了一下：「這一點最令人難解，一點損失也沒有。那個假冒身分的日本人，他反而有損失，假造的文件、旅費等等，數字也不小。天下不會有人花了本錢，來作沒有目的的事。」

我又想了一會，才道：「唯一的可能是，這個假冒身分的人，原來有目的，但是後來發生了意外——他割傷了王子的手，他只好知難而退，這是最合理的解釋。」

沙靈呆了片刻：「在沒有更合理的解釋之前，只好接受這個解釋。」

我有點惱怒：「這就是唯一的解釋。」

沙靈搖頭，可是又不出聲，我又道：「你還在想什麼？還有什麼別的假設？即使假設也好。」

沙靈望了我片刻，道：「我在日本多天，雖然沒有找到那個假冒身分的日本人，可是卻獲知了兩件性質相類，無可解釋的事。」

本來，我對這件事沒有什麼興趣了，但一聽沙靈這樣講，這種無可解釋的事，居然還不止一件，這使我感到十分好奇。

我忙道：「兩件什麼，說來聽聽。」

沙靈深深地吸了一口氣，皺着眉。他在皺眉的時候，滿臉都是皺紋，看來像是一個糟老頭子，可是我卻知道這個糟老頭子，絕不是簡單的人物。在蘇格蘭場，他迭破奇案，是世界公認的最佳辦案人員之一。

戰後，日本工業迅速發展，形成了不少新的財團。這種新財團的首腦，財富增加的速度極快，到了八十年代，其中有幾個，個人財產，幾乎已到了天文數字，成為世界新進的財閥。

竹內先生就是這樣的一個新進財閥，他掌握的企業，組織龐大，僱用的員工超過三萬人，產品行銷世界各地，是日本工商界一個極其重要的人物。更重要的是，他年紀還很輕，只有五十八歲。

這樣的一個重要人物，世界矚目，他每天接見不少客人，接見要經過縝密的安排。

一天，竹內先生接見了一個來自阿拉伯的代表，那個阿拉伯人，自稱可以代表幾間著名的阿拉伯石油公司，使竹內的企業，獲得更多的石油供應。

自從能源危機以來，所有工業家擔心的，就是石油供應，竹內先生對這個阿拉伯人，自然招待周到，白天在辦公室傾談得十分投機之後，晚上又在一間著名的藝妓館設宴招待，酒酣耳熱之餘，主客雙方，一起帶着酒意而起舞。

那個阿拉伯人，不知什麼時候，拔下了一個藝妓頭上的頭釵，揮舞着，一不小心，頭釵在竹內先生的手臂上，劃了一下，刺破了竹內先生的皮膚，造成了輕微的出血。

客人千道歉萬道歉，主人豪爽地一點不放在心頭上，當晚仍然盡歡而歸。

事情本來一點也不稀奇，但是第二天，阿拉伯人在約定的時間，並未出現在竹內辦公室，竹內先生一查詢，根本沒有人知道這個阿拉伯人的來歷，所有和阿拉伯國家有關的機構，沒有一個知道這個阿拉伯人是誰。

竹內先生十分震怒，下令追查，可是卻一點結果都沒有。由於根本沒有什麼損失，所以事情不了了之。

沙靈是在調查那個假冒身分的日本人時，無意中知道這件事的。

兩件事，有着相同的情節。向阿拉伯人冒認日本人，向日本人冒認阿拉伯人，求見的全是超級大人物，而求見過程之中，大人物都曾受到輕度的損傷，然後，假冒身分的人就消失無蹤，不知道他們的真正目的是什麼。

辛晏士是華爾街的大亨，辦公室的豪華，舉世聞名，一本雜誌作過專題報道。他是猶太人，美國前十名富豪之一。有經濟權威估計，如果他要調動資金的話，可以在一夜之間，調集收買一個中美洲小國家所需的現款。

美國政壇人物和辛晏士都有交情，雖然辛晏士自己從來也未曾出過面，進行過什麼活動，但是誰都心裏有數：美國總統在作重大決定之際，一定會通過私人代表，找他先商量一番。

世界上有四十二億人，但是像辛晏士先生這樣的重要人物，不會超過四十二個。

辛晏士先生的嗜好是打高爾夫球，每次他在私人的高爾夫球場打球之際，保鏢雲集，和他在其他場合出現的時候一樣。

辛晏士先生最注意的就是他的安全，一個人到了像他那樣的地位，除了生命安全之外，也沒有什麼再可以值得注意的事了。

但是，有一次，當他正在揮棒打擊高爾夫球之際，卻發生了一樁輕微的意外，一個球僮，揹着沉重的一袋球棒，在辛晏士先生的身邊，一個站不穩，身子傾側了一下，球棒擦到了辛晏士先生的手背，該死的球棒上，不知怎樣，有一枚尖釘，尖釘就在辛晏士的手背上，劃出了一道口子，造成了出血。

這種輕微的受傷，旁人全然不算是怎麼一回事。但是發生在身分、地位如此尊貴的辛晏士先生身上，當然大不簡單，一輛專車立即將他送到醫院，經過兩名外科醫生的悉心料理——這樣的小損傷出動到了全國聞名的外科醫生，這情形就像出動了一枚火箭去獵兔。

兩天之後，傷口痊癒。

沙靈在閒談之中知道這件事的，他也把這件事，歸入了和阿潘特、竹內受傷的同類，關於這一點，我不很同意。

我道：「辛晏士的受傷，只是意外，其中並沒有什麼人假冒了身分，刻意來使他受傷。」

沙靈瞪着眼：「別告訴我那是意外，我根本不信。」

我也瞪着他，道：「我知道你的想法，你想的是：一個球僮，受僱去弄傷辛晏士。」

沙靈道：「正是這樣。」

我悶哼了一聲：「目的何在？」

目的何在？沙靈回答不出這個問題來，他站了起來，來回走着，然後站定，伸手直指着我：「阿潘特、竹內、辛晏士，全是極有地位、財產多到不可計數的人物。」

我點頭道：「是，他們隨隨便便，就可以拿出數以億計的美金，但只是令他們受點輕傷——」

我講到這裏，陡然一怔，剎那之間，我想到了什麼，以致講不下去。

沙靈道：「你……想到了什麼？」

我道：「皮膚受點傷，出血，看來無足輕重，但是有些毒藥，一見血就可以致人死命，這種毒藥，照中國人的說法，叫見血封喉。」

沙靈道：「可是他們並沒有中毒。」

我揮着手：「毒藥的性質、種類，有好幾十萬種，可能其中有一種慢性毒藥，在中了毒之後，要隔若干時日，才會發作。」

沙靈的臉上，又浮滿了皺紋：「但是，阿潘特在受了傷之後，曾作過詳細的檢查，醫生說——」

我打斷了他的話頭：「別相信醫生的話，八十萬種毒藥之中，至少有七十九萬九千種，醫生不知道它們的來龍去脈。」

沙靈的神色變得十分沉重：「真有這樣的事？」

我十分鄭重地說：「絕對有。」

沙靈又急速走了幾步：「如果是這樣的話，那麼，做這些事的人，他們的目的，是在毒藥的毒性發作之際，進行勒索。」

我道：「當然是。」

沙靈吸了一口氣：「那太可怕了，這種神秘的毒藥，什麼時候發作？」

我攤開了手：「誰知道，一年，半載，或許更快，或許更慢。」

沙靈又吸了一口氣：「我早就感到，一定是充滿了罪惡陰謀，如果是這樣……如果是這樣的話，那我……我……」

我拍着他的肩：「你沒有什麼可做的，只好等着。」

沙靈喃喃地道：「是的，只好等着。」

沙靈和我的交談，至此結束，當天，我送他上機，回那個阿拉伯酋長國去。

在以後的日子中，我一記起來，就和沙靈通一個電話，沙靈有時也打電話給我。

在和沙靈不斷保持聯絡期間，又曾發生了許多事，我也因為許多不同的事件，到過許多不同的地方，所以，有許多次，沙靈打電話給我時，我都不在家。但是沙靈都有留話，所以我在回家之後，都可以主動和他聯絡。

在這裏，須要説明一下的是，丘倫的事，阿潘特王子、竹內、辛晏士的事，發生在相當多年之前，至少有五年。我只不過是將那時發生的事，補記出來，在以後發生的事，和這些事，至少有五年以上的時間間隔，請注意這一點。

這一點十分重要，因為我和沙靈討論的最後結論，是：有人可能用看來十分簡單的方法，下了複雜的慢性毒藥，以待毒發時，可以勒索巨款。

看來那是唯一合理的解釋。

但是，五年過去了，什麼事也沒有發生，當時的「結論」，分明只是一種猜測，絕不是事實。

在最近一次和沙靈的聯絡中，沙靈在電話中道：「衛斯理，毒藥敲詐說，好像不成立了。」

我同意他的說法：「不成立了。」

沙靈的語意有點遲疑：「這些年來，我將一件事，作為業餘嗜好，你猜是什麼？」

我苦笑，這怎麼猜得到？我只好道：「是不是搜集阿拉伯王宮中逃出來的女奴？」

沙靈「呸」地一聲：「別胡扯，這五年來，我盡一切可能，通過一切關係，搜集世界上大人物受輕微傷害的紀錄。」

我「啊」地一聲：「為什麼？」

沙靈道：「那還不明白？想看看除了阿潘特、竹內、辛晏士之外，是不是還有別的例子。」

我沉默了半晌，沙靈堅毅不屈，但是這些年來，他一直在做着這樣的工作，我卻也覺得難以想像。

我問道：「結果怎樣？」

沙靈道：「結果十分美滿，或者說，結果極其令人震驚，出乎我的意料之外。」

我忙道：「怎麼樣？請詳細告訴我。」

沙靈先吸了一口氣，即使是在遠距離的電話通訊中，還是可以聽到他吸氣時所發出來的那「嗤」的一聲響，他道：「我調查了超過一百個大人物，我調查的對象，全是超級大人物，其中包括了十餘個國家的獨裁者，各行各業的

『大王』，所有我調查的對象，都可以在一小時之內，拿出二十億美金。」

我有點啼笑皆非，即使以沙靈的能力和人際關係，這也是一項十分困難的工作，真不知道他這樣做為什麼。

我問道：「你調查這些大人物的什麼事？」

沙靈答道：「我調查他們是不是在過去幾年間，曾受過輕微的割傷！」

我嘆了一聲：「沙靈，全世界任何人，一生之中，都曾有過輕微的割傷。」

沙靈道：「你別心急，聽我說下去，我調查的結果，極其令人震驚，他們在過去十年之中，都曾受過不同程度的輕微損傷。」

我大聲說道：「我早已說過，任何人，不管他是穴居人或是石油大王，都會在生活中有過輕微損傷。」

沙靈道：「其中二十八人，受損傷的情形，和阿潘特王子相類似。」

我不禁無聲可出，呆了片刻，才道：「有人假冒身分，去接近大人物，特意令他們受到輕微的傷害？」

沙靈道：「一點也不錯，而且，這二十八個受傷的人，事後都曾調查過令他們受傷的人，都毫無結果。這些假冒身分的人，都經過極其縝密的、幾乎無懈可擊的安排，不然，也不會見到超級大人物，而他們的目的，似乎都只是造成一些輕微的傷害，然後在事後，就不知所終。」

我不出聲。

沙靈追問道：「難道你還認為這是偶然的麼？」

我吸了一口氣：「當然不是偶然事件——其餘的人如何？」

沙靈道：「其餘的人所受的損傷，也全都由於他人不小心所引起，情況種類很多，有的是侍者的不小心，有的是被突然破裂的玻璃所割傷，無法一一列舉，總之，傷害不是由於他們自己不小心而造成的，而是人為的『意外』。」

我深深地吸了一口氣：「你看這是一件什麼樣的事？」

沙靈道：「我一點頭緒也沒有。我只是調查、搜集了這些資料，可是絕不知道有什麼樣的事在進行着，也不知道這些人的目的何在，因為那些傷害，都極其輕微，至多兩三天就痊癒，而且一點後患也沒有，誰都不會放在心上。」

我想了想：「調查的結果的確十分令人震驚，可是一樣沒有結論。」

沙靈悶哼了一聲：「既然有人在十年間，不斷從事同樣的工作，那麼，當然有原因，衛斯理，事情發生在世界頂級人物的身上，並不是發生在普通人身上，我愈來愈覺得其中有極其強烈的犯罪意味——別說我由於職業本能，才如此說。」

我忙道：「我沒有這樣說——對不起，在你的資料之中，最早有這樣受傷紀錄的人是誰？」

沙靈道：「齊洛將軍。」

我怔了一怔，齊洛將軍，我記憶之中，好像是有一件什麼事，與這個軍事強人有關，但是一時之間，卻想不起來。

我只是「嗯」地一聲，重複了一句：「齊洛將軍。這個人——」

沙靈道：「他受到輕微割傷時，還不是將軍，只是上校，他當時掌握着那個國家的裝甲部隊，是極具勢力的實力派軍人，而且誰都可以看得出，這個軍官的潛在勢力極大，只要他發動政變，就可以武力奪取政權，成為一國元首。」

我又「嗯」地一聲：「五年多前，他真的發動了政變，也成功了。」

沙靈道：「是，一直到如今，他的權力愈來愈鞏固。他受傷的經過，是在檢閱一次軍事操演之中，一個士兵的刺刀，不小心劃破了他的手臂。」

我說道：「看來那是一樁意外，齊洛將軍……齊洛將軍……他……」

我一面說着，一面竭力在想着，為什麼我對這個軍事強人會有特殊深刻的印象。

陡然之間，我想起來了。

那是很多年之前的事，有一天下午，有一個莫名其妙的人，從歐洲打長途電話給我，說是受丘倫所託，要他告訴我，在歐洲中部的一個小湖邊，見到了齊洛將軍。

這樣的一個電話，我全然沒有放在心上，而且，自此之後，我也未曾聽過任何有關丘倫的消息。

丘倫行蹤飄忽，我和他感情雖然很好，但是幾年不通音信，也不足為奇，誰知道他在幹什麼，或許，他在非洲的黑森林中，拍攝兵蟻的活動情形；也或許，他在阿拉伯酋長的後宮之中，替酋長的佳麗造型。

當時，我只是想起了何以齊洛將軍會給我特別的印象，並沒有任何的聯想，事實上，也根本不可能將兩件看來毫不相干的事，聯繫在一起。

我問道：「對了，齊洛將軍，他那次受傷，到現在，已經有多久了？」

沙靈道：「九年多，正確地說，九年零十個月。」

我道：「看來，那次受傷，對他沒有造成任何損害？」

沙靈的聲音有點茫然：「是的，至少，到目前為止，沒有任何損害。」

我也苦笑了一下：「那麼，那次損傷，可能真是意外。」

沙靈只是不置可否地支吾了一下，我道：「你只管進行調查，我覺得這些事很怪，也盡我力量去找尋答案，我們保持聯絡。」

雖然我答應了沙靈，盡我的力量去尋找答案，但是我的力量再大，在這件事上，也使不出來，因為一切根本一點頭緒也沒有。我所能做的，只是推測、估計。可是我作了好幾十種假設，都無法圓滿地解釋這一百多個超級人物的遭遇，究竟是為了什麼目的，也無法想像什麼人在進行着這樣的怪事。

事情有時候很巧，兩天前才和沙靈在談話中提到了齊洛將軍，兩天后，在報上看到了他的一則新聞：軍事強人齊洛將軍，因患心臟病，赴瑞士治療。

一般來說，軍事強人的健康，一旦發生了問題，就會造成政治動搖的局面。好在齊洛五年來的統治，已立下了基礎，只要他患的不是不治之症，倒還不至於有什麼問題。

我看了這則新聞，想起多年前那個莫名其妙的人打給我的電話，正是自瑞士的一個小鎮上打出來的。不過我只是想到了這一點，也未曾對兩件事作出任何的聯繫來，看過就算了。

更巧的是，半個月後，忽然有一個看來是歐亞混血兒，身形修長，十分美貌的女子，登門造訪，我請她進來，她自我介紹道：「我的名字是海文，在聯合國兒童機構中擔任翻譯員，那個機構在瑞士設立總部。」

我「哦哦」地應着，可以肯定，以前從來也未曾見過這位海文小姐，也不知道她來幹什麼。

海文坐了下來，坐的姿勢十分優雅，一望而知，她受過良好的教育，她望着我：「我受了一個人的委託，把一點東西交給你。」

海文一面説，一面打開她的手袋，取出了一個小小的牛皮紙信封來。

我仍然莫名其妙，接過了信封，望着她，她有點抱歉似地笑了一下：「這位朋友叫丘倫。」

一聽到丘倫這個名字，我立時「哈」地一聲：「是他，他可好麼？」

海文美麗的臉龐上，現出了一絲陰影，聲音也變得很低沉：「但願他好。」

我吃了一驚，這種回答，往往包藏凶耗，我趕忙說道：「他——」

海文略側過頭去：「他死了。」

丘倫死了！我呆了一呆，一時之間，說不出話來。

海文又道：「他死了很久，法醫估計，至少已有五年之久，可是他的屍體，直到最近才被發現。屍體埋在一處森林中，由於埋得不夠深，在一場大雨之後泥土遭到沖刷，露出了他的骸骨。」

我心中充滿了疑惑：「是謀殺？」

海文道：「是，警方是那樣說，他身上的衣服，也全腐爛了，後腦骨有遭過重擊留下的傷痕，法醫說，那是他致死的原因——」

海文講到這裏，我已經忍不住揮着手，打斷了她的話頭：「等一等，在這樣的情形下，你如何獲得他的遺物？」

海文低下頭去：「在他死之前，我才和他相識不久，和他有過幾次約會，在他的內衣袋中，藏着一小紙條，是我寫給他的地址，和一個號碼，警方發現了他的骸骨之後，根據地址找到了我。」

我皺着眉，心頭疑雲陡生，丘倫是我的好朋友，他不明不白叫人謀殺了，這件事，我可不能不管。

我在想着，海文小姐低嘆了一聲：「難怪自那次約會之後，他再也沒有來找過我，原來在我們分手之後，他已經遭了不幸，唉，真想不到，他其實十分可愛。」

我問道：「小姐，你剛才還提及一個號碼？」

海文道：「是的，經過警方調查，那個號碼，是當地一個小鎮的公共汽車站儲物箱的號碼。一追查，由於那個儲物箱久未有人開啟，站方早已開了，將箱中的東西取了出來，另作保管，就是你手上的那紙袋，其中有一張紙條，請你看看。」

我忙打開紙袋，看到紙袋中，有不少照片。我來不及看照片，先取出了那張紙條來，紙條上龍飛鳳舞般寫着草字：「如果我有任何不幸，請將這些照片，交給衛斯理先生，他的地址是——」

我抬頭向海文望去，海文道：「恰好我有一個假期，而我又早就想到東方來旅行，所以，我就將這東西，帶來給你。」

我忙又取出照片來，照片一共有十多張，看起來，有點莫名其妙之感，照片上所拍的，是兩個人，挾着一個人上一輛車子的情形，全部過程可以連貫起來。但拍攝之際，顯然十分匆忙，有點模糊不清，最後幾張，距離相當遠，是那輛車子已絕塵而去的情景，而那輛車子，則是一輛高爾夫球場中用的車子。

我抬起頭：「這些照片，是什麼意思？」

海文道：「我也不知道，不過，那天丘倫的表現非常怪。他本來就是一個怪人，那天，我在湖邊，背對着他，已經感到他來到我身後，可是忽然之間，他卻怪叫了起來——」

海文小姐接下來所講的事，在開頭已經敘述過。我聽海文的敘述，指着照片：「這樣說來，他認為那個被帶上車的人，是齊洛將軍。」

海文作了一個無可奈何的神情：「看來，的確是這樣。」

我心中的疑惑更甚：「看來他還十分認真，因為事後，可能就在當天，他叫了一個不知道什麼人，打電話將這件事告訴我。」

海文睜大了眼，我又道：「他以後的行蹤，你不清楚？」

海文道：「不清楚，當時我十分憤怒，頭也不回就上了一輛在公路上駛過的車子離開了。」

我又問道：「他的屍體被發現之後，當地警方難道沒有調查他的行蹤？」

海文説道：「事件發生太久，完全沒有法子調查，只好不了了之。」

我再看那幾張照片，心中思潮起伏。我想到的第一個問題是，這種車子，並不適宜於長途行駛，一定就在附近，可以找到答案。從這幾張照片的情形看來，丘倫一面奔跑，一面拍攝，他是在追那輛車子！

人的奔跑速度，當然比不上車輛的速度，丘倫追到後來，可能停了下來，但是他一定已看清了車子駛到什麼地方去。

他結果被人在後腦以重物撞擊致死，那麼，他要去的地方，就是他致死的所在。

這其間的經過，只要通過簡單的推理，就可以找出來龍去脈，但是問題是：是什麼原因，導致他被謀殺呢？

我想了片刻：「小姐，拍攝這些照片的正確地點是——」

海文道：「在瑞士西部的一個小湖邊，那個小湖，鄰近勒曼鎮。那是一個只有幾千人口的小鎮，是度假的好地方。」

我心中在盤算，是不是要到發生意外的地方去一下，調查丘倫的真正死因，海文的話才一出口，我就陡地一怔：「哦，勒曼鎮……勒曼鎮……」

我將這個小鎮的名字念了兩遍，俯身在茶几下的報架中，去翻查舊報紙，找到了軍事強人齊洛將軍心臟病到歐洲去就醫的那段新聞，新聞中說得很明白，齊洛將軍將到瑞士西部的勒曼鎮一家療養院中，接受檢查和治療。

海文顯然不知道我在作什麼，用一種訝異的眼光望着我，我在那時，也全然沒有想到什麼，思緒十分混亂，想了片刻，我才道：「這個小鎮的療養很出名？不然，一個國家元首，怎會到那裏去接受治療？」

海文道：「或許，早兩個月，有一個美國華爾街的大亨，也到過勒曼鎮。」

我心中又陡地一動：「這個大亨——」

海文道：「叫辛晏士，猶太裔的。」

我深深吸了一口氣。辛晏士，就是那個在打高爾夫球時意外受過輕微損傷的大亨！

我隱隱感到幾件事之間，可能有着某種聯繫。但其間究竟是什麼聯繫，我卻一時之間，想不出來。海文小姐站了起來：「丘倫要將這幾張照片給你，因為那可能和他的死因有關？」

我又看了那些照片一眼：「當時，他一定是感到事情非常特別，所以才會不顧你，而去追查他認為特別的事情，而他遇害的日期，可能就在你們分手的那一天，或者，遲一兩天，總之就在那幾天之內，這些照片，無疑是極重要的線索。」

海文遲疑道：「隔了那麼多年，還能查得到？」

我指着照片：「我想可以的，你看，這幾個人的樣子，拍得很清楚——」

我說到了一半，陡然停止，雙眼有點發定，我立時向海文看了一眼，看到她的神情也很古怪。我知道在那一剎那間，我們都發現，在照片上，被抓上車的那個人，看來和報上齊洛將軍的相片，十分近似，簡直就像是同一個人。

海文恢復鎮定，低呼了一聲：「天，丘倫沒有看錯。」

我用勁搖着頭：「兩個相似的人，不算是特別。」

海文指着報紙，說道：「可是齊洛將軍一有病，哪裏都不去，偏偏到勒曼療養院去，這就有點特別。」

她說得對，的確有點特別，看來，我非到那個小鎮上去走一遭不可。我道：「我到那裏去看看，希望你有一個快樂的假期，調查丘倫死因的事交給我好了。」

海文小姐皺眉道：「好，我的假期是兩星期，如果我度假完畢，你還在瑞士，我們可以相見。」

我道：「希望這樣。」

海文有禮貌地告辭，我再仔細比較照片上的那個人和報上齊洛將軍的相片，愈來愈覺得兩人近似。

半小時後，白素回來，我將海文來訪的經過，說給她聽，白素呆了半晌：「那個電話！丘倫十分認真，所以他才叫人打電話來。」

我苦笑：「他也真是，既然認真，就該自己打電話來，隨便拉一個人，無頭無腦，來一個電話，叫我怎麼處理？」

白素道：「他人都死了，你還埋怨他？」

我思緒十分亂，理不出頭緒，丘倫的死是一個事實，他為什麼死的？是不是因為他發現了什麼驚人的秘密，所以才導致死亡？他發現的秘密又是什麼呢？是他發現了一個軍事強人，有一個替身？

如果是那樣的話，那麼他涉及了一些重大的政治陰謀，我是不是應該去淌這樣的渾水呢？

在我思索間，白素低聲道：「無論如何，你總應該到那療養院去一次。」

我吸了一口氣：「我也這樣想，不過事情是不是和療養院有關，我也無法確定——只好到了那邊，走一步看一步。」

白素點頭表示同意，她忽然說道：「晚報上的消息說，我們的一個朋友，因為心臟病猝發，進了醫院。」

我「啊」地一聲，一個人因為心臟病而進醫院，而能在報上有報道，這個人自然是大人物，我忙問道：「這個人是誰？」

白素道：「陶啟泉。」

第三部

「我不想死！」

陶啟泉！

各位對於這位陶先生一定不陌生，他曾因為「風水」，和我認識，我又曾向他借過兩百萬美金，拿了這筆錢去買了一塊「木炭」，他算是一個十分有趣的人。

陶啟泉是亞洲有數的鉅富，正當壯年，他掌握着無數機構，財富分佈世界各地，舉足輕重，是亞洲金融界最重要的人物。

這樣的一個大人物，心臟病發進了醫院，當然是一則重要新聞。

我忙問道：「報上怎麼說？」

白素道：「並不很詳細，只說是十分嚴重。」

我道：「陶啟泉今年多大了？」

白素道：「才五十出頭，不過，疾病和年齡之間，沒有關係。」

我來回走了幾步，拿起電話來，打到一家銀行去。這家銀行，也是陶啟泉屬下的企業，副董事長姓楊，我曾見過幾次，是陶啟泉在本市的得力親信。

陶啟泉是這樣的大人物，即使要和他的手下通一個電話，也不是容易的事情。接聽電話的秘書，先說楊副董事長沒空，正在開會，等到我報上了姓名，又經過幾重轉折，才算聽到了楊副董事長的聲音。他的聲音聽來極其焦躁：「衛先生，你好。唉，真不幸，陶先生——」

我吃了一驚：「怎麼了？陶先生的病情——」

楊副董事長道：「我才從醫院回來，會診的醫生說，那是一種先天性的心臟病，已經到了十分嚴重的階段，唉，真不知道怎麼才好。」

我的心向下沉了一沉，如果會診的醫生那樣說，那真是凶多吉少了，我問道：「他以前好像沒心臟病的跡象？」

楊回答道：「怎麼沒有，我們一直勸他多點休息，多注意身體，可是有什麼辦法，他那麼忙，進醫院之前，他還在主持一個會議，提出要購買紐約長島一棟大廈的計劃，就是在會議中，他昏過去，送醫院的。」

我不禁苦笑，事業的成功，是世界上每一個人都追求的目標，可是成功的事業，卻像是一具沉重的枷鎖一樣，緊扣在成功人士的脖子上，想要擺脫，簡直是沒有可能，只有無休止地為它服務下去，到後來，究竟是為了什麼，只怕所有成功人士，沒有一個可以回答得出來。

陶啟泉就是那樣。任何人都會想：如果我有他那麼多財產，一定什麼都不做，好好享受。唯有他自己才知道，他根本無法有半分鐘屬於自己的時間，在睡眠之中，也會為了事業上的得失而驚醒。也許，只有死亡，才能使他這一類型的人，獲得真正的安息。

我吸了一口氣：「我想去看他，他住在什麼醫院？」

楊副董事長告訴了我那家醫院的名稱，並且告訴我，醫生限制他接見探訪者，我如果要去見他，還得他本人堅持才行。

我道：「你放心，只要他神智還清醒，一定會見我。當然，為了使我不必浪費時間等候，你是不是可以先替我安排？」

楊副董事長道：「當然可以，我也要去見他——等一等，有電話來，是醫院打來的。」

我聽到他在聽另一個電話，不斷地在說：「是。是。」又說：「我立刻來，衛斯理先生才和我通話，他也要來見你，好的，我接他一起來。」

我聽得他那樣說，知道他是和陶啟泉在通話，果然，他的聲音又響起：「我們在醫院門口見，先到先等。」

我放下電話，和白素互望了一眼。

白素苦笑了一下：「億萬富翁面臨死亡，心情不知怎樣？」

我的聲音，十分低沉：「每一個人心目中，自己的生命最重要，乞丐和億萬富翁，不會有什麼分別。」

白素又嘆了一聲：「那也未必，世界上有很多人，很勇於結束自己的生命。」

我道：「在四十二億人中，這種人，畢竟是極少數。」

我駕車直赴醫院。那是一家極出名的私立醫院，以昂貴和豪奢著稱。當然，陶啟泉這樣的富豪，隨便一高興，就可以買下一百座這樣的醫院，而絕不皺眉。在醫院建築物的門口，等了大約五分鐘，在這五分鐘之內，我看到不少財經界的大亨，自他們豪華的坐駕中，匆匆下來，走進醫院，這些人，雖然全是著名的富豪，但幾乎全是陶啟泉的手下，或者是在生意來往上要依靠陶啟泉支持。楊副董事長來的時候，有幾個人和他打招呼，他一看到了我，就拉住了我的手：「快上去。」

看到了這種陣仗，我也不禁有點緊張，低聲道：「已經不行了？為什麼召集那麼多人？」

楊副董事長作了一個無可奈何的神情，我們一起乘搭電梯，到達頂樓的特別病房。一出電梯，那種豪奢的佈置，無論如何叫你想不到這是一家醫院。一個足有一百平方公尺的大堂，頂上全是玻璃，是一個大溫室，種滿了花卉，好讓病人見到陽光。

在那個大堂中，聚集了不少人，全是各行各業的大亨，但是那些大亨，顯然未曾得蒙陶啟泉接見的榮幸，他們只是在大堂中或坐或立，在低聲交談。

我和楊直穿過大堂，來到一扇自動門之前，門前有兩個大漢守着，見到了楊副董事長，立時按鈕打開了門，門內又是一個小客廳，也有幾個人坐，我認得其中至少有三個是大銀行的總裁級人物。

經過那小客廳，是一條走廊，要一直走到走廊的盡頭，才是另一扇門，一個護士在門口，一看到了我們，打開門，我和楊走了進去。

門內是一間極大的房間，幾乎每一個角落，都放滿了鮮花。一張病牀上，躺着陶啟泉。

看到他躺在牀上，我不禁興出了一股悲哀之感。一個人，不論他的地位多麼高，財富多麼雄厚，當他躺下來的時候，他不可能躺在兩張牀上，還是跟任何人一樣，只是躺在一張牀上。

牀前，有兩個醫生，正在治理着陶啟泉，有不少我叫不出名堂來的醫療儀器。陶啟泉的臉色看來極蒼白。以前我看到他，他總給人以一股充滿了活力的感覺，但如今，活力顯然正在遠離他。

房間中已經有六七個人在，我約略看了一下，就可認出他們的身分，大抵和楊副董事長相同，全是陶啟泉在事業上最得力、親信的人物。

陶啟泉的眼珠轉動着，一個護士搖起了病牀的上半截，使陶啟泉維持着半躺的姿勢。一個醫生，取下了套在陶啟泉口上的氧氣罩：「慢慢說，別超過半小時——」

醫生的話還未曾說完，陶啟泉已陡地一揮手，他的動作十分粗暴，語音也帶着極度的不耐煩：「那有什麼不同？我反正快死了。」

牀邊的兩個醫生只好苦笑，陶啟泉望向房中的各人：「現在我還沒有死，你們過來。」

所有的人全都急急走向牀邊，我沒有巴結陶啟泉的必要，所以仍留在離門口不遠處，兩個醫生已被擠得退到我的身邊。我低聲道：「他的情形怎樣？」

兩個醫生相視苦笑，其中一個低聲道：「在最好的療養下，他的心臟機能，大約還可以維持十五天到二十天左右，然後——」

醫生的聲音極低，病房之中，各人來到了病牀前，變得十分靜，所以陶啟泉的聲音，聽來十分粗壯，他幾乎是在嚷叫：「醫生說我快死了，我不想死，一點也不想死。」

我吸了一口氣，不由自主，閉上了眼睛一會。陶啟泉的那兩句話，簡直是在哀鳴。他不想死，一點也不想死，可是他的心臟機能，只能維持十五天到二十天，他還有什麼辦法？

在陶啟泉的話之後，病牀邊上，響起了一陣嗡嗡聲，大抵是「你不會死的」，「吉人自有天相」之類不着邊際的話。

陶啟泉的樣子，顯得很不耐煩，他道：「少廢話，聯絡上巴納德醫生沒有？叫他包一架飛機，立刻來，他是換心手術的權威。」

一個頭髮半禿的中年人忙道：「我們在南非的代表已經和他聯絡上了，他答應來。」

陶啟泉笑了起來，充滿了信心：「你們不必説什麼，只要我不想死，我就不會死。」

病牀邊立時又響起了一陣附和聲，彷佛真的陶啟泉不想死，他就不會死。我向身邊的兩個醫生望去，那兩個醫生現出一種無可奈何的悲哀，搖着頭。我有相當多的問題想問那兩個醫生，但是在這個時刻，顯然並不適宜，所以我忍住了沒有説。

陶啟泉又叫着一個人的名字：「我想做什麼，總做得成的！那一年，全世界沒有人相信我可以收購委內瑞拉的大油田，可是我們是怎麼成功的？」

那個人一臉精悍之色，説道：「錢，有錢，什麼事情都能做到！」

陶啟泉得意地笑了起來：「對，有錢，什麼事都可以做得到，可以買到生命。我有錢，我不會死，一億美金延長一天生命，我可以活到兩百歲。」

在我身邊一個比較年輕的醫生，用極低的聲音道：「他的心態極不正常，真可憐。」

我向那醫生望去，和他打了一個手勢，示意他和我一起離開病房一會，可是就在這時，陶啟泉忽然叫了起來：「衛斯理，你怎麼不過來？」

我當然不能不睬他，於是我一面向病牀走去，一面道：「我想你可能有很多重要的話要吩咐，所以不想打擾你。」

陶啟泉有點惱怒：「放屁，這是什麼話，我有話吩咐他們，有的是時間，何必急在一時，過來，我們來閒聊。」

一個人，在病重之際，對自己生命仍然充滿了信心，這當然是一件好事。可是陶啟泉的信心，卻不是很正常。因為他的信心，完全寄託在他有錢這一點上。而事實上，即使肯花一億美金，也不可能換取一天的生命！

死亡是人的最終途徑，也是最公平的安排，任何人都不能避免，與有錢、沒有錢，沒有直接關係。

當我想到這一點的時候，我覺得，作為一個朋友，雖然這是極不愉快的事，我還是非做不可，我叫着他的英文名字：「你應該勇敢一些，接受事實，現在不是閒聊的時候。」

我用這樣兩句話，來作為我所要講的話的開始，自以為已經十分得體了，可是，陶啟泉一聽之下，面色立時變得極其難看。

而在病牀旁的所有人，臉色也在剎那之間，變得比陶啟泉更難看，其中兩個，向我怒目而視，看他們的樣子，若不是久已未曾打人，一定會向我揮拳。他們那種憤然的神情，表示了他們對陶啟泉這個大老闆的極度忠心，一副陶啟泉是原子彈都炸不死的樣子。

我不理會這些人，又道：「醫生的診斷結果，想來你也知道了，趁你還能理事情——」

我才講到這裏，那兩個人之一已經衝着我吼叫道：「住口！陶先生的健康，絕對沒有問題。」

我感到極度的厭惡：「這是你說的，醫生的意見和你不同。」

那人道：「醫生算什麼，陶先生——」

我一下子打斷了那人的話頭，直視着陶啟泉：「你相信醫生的話，還是相信這種人的話？」

陶啟泉急速地喘着氣，他的神態，在剎那之間，變得極其疲倦，他揚起手來，緩緩地揮着：「出去，你們全出去。」

所有的人都遲疑着，陶啟泉提高了聲音，叫道：「全出去，我要和衛斯理單獨談。」

他在這樣叫的時候，臉色發青，看來十分可怖，呼吸也變得急促而不暢順，一個醫生忙走了過來，推開了兩個在病牀邊的人，將氧氣面罩，套在他的臉上，同時，揮手令眾人離去。

所有的人互望了一下，一起退了出去，病房中只剩下了兩個醫生、我和陶啟泉，兩個醫生也要離去，但是我出聲請他們留下來。

就着氧氣罩大約呼吸了三分鐘，陶啟泉的臉色才漸漸恢復了正常，他推開了醫生的手，聲音仍然很微弱：「巴納德醫生一到，我就可以有救。我知道我的心臟，維持不了多少天，但是還有足夠的時間，可以換上一個健全的心臟。」

我吸了一口氣：「關於這一點，我們要聽聽專家的意見。」

我向兩位醫生望去：「像陶先生這樣的情形，換心手術成功的希望是多少？」

年長的那個道：「換心手術十分複雜，首先，要有健全的心臟可供使用——」

我打斷了他的話頭，道：「這一點不必考慮，陶先生有的是錢，要找一個健全的心臟供他替換，並不困難，我是問有了這樣的心臟之後的事。」

那醫生道：「巴納德醫生已經有過五次以上進行換心手術的經驗，這間醫院的設備，也可以進行手術有餘，但是心臟移植手術最大的問題是排斥現象。」

陶啟泉立即道：「可是有成功的例子。」

那年長的醫生轉過頭去，不出聲。年輕的那個道：「所謂成功的例子，實在不樂觀。在排斥現象未曾徹底解決之前，經過心臟移植手術的人，活下來的最短紀錄是兩天，最長紀錄，也不超過兩年。」

陶啟泉的面肉抽搐，神情變得難看到了極點。

那年輕的醫生本來不敢向陶啟泉講到這一問題，但是一有了開始，他也變得沒有忌憚：「就算有兩年壽命，在這兩年之中，還要不斷進行抵制排斥的手術，而換心人本身，幾乎不能進行任何活動，這已經是可以預見的最好情形了。」

陶啟泉的口唇顫動着，想講什麼，可是卻沒有聲音發出來。

眼前的這種情景，實在十分殘忍，面對着一個將死的人來討論他的死亡時間！陶啟泉十分堅強，所以他才能忍受，換了別人，根本無法忍受這樣的討論。

我在這樣的情形下，只好道：「作最樂觀的估計，兩年也是好的。醫學進步神速，在兩年之後，可能會有新的技術出現。」

陶啟泉苦笑了一下：「連你也用空頭話來安慰我？」

我忙説道：「我講的不是空頭話，事實上，除了接受換心手術以外，沒有旁的方法，可以使你活下去。」

在那一剎那間，陶啟泉的臉上，現出了一種極度深刻的悲哀神情來，他不住喃喃地道：「我不想死，我真的不想死，只要我能活下去，不論要花多大代價——」

他講到這裏，身子不由自主，發起抖來，我用力按住了他的肩，想使他鎮定一些，但當然一點作用也沒有，他仍是劇烈地發抖着，而且臉色又開始發青。

醫生連忙又給他呼吸氧氣，在經過了兩分鐘之後，他才嘆了一聲：「衛，你可知道我今年才五十四歲，如果再有三十年——」

我嘆了一聲，道：「這是無可奈何的事，古往今來，不知道有多少人的情形和你一樣。」

那年長的醫生道：「我看巴納德醫生明天就可以到，等他到了再共同研究一下。」

陶啟泉像是一個小孩一樣，抓住了我的手：「我要活下去，我一直相信金錢能創造奇蹟，我一直相信，真的一直相信。」

我實在再想不出用什麼話來安慰他，只好輕輕拍着他的手背。陶啟泉望向醫生：「給我注射鎮靜劑，我不想清醒，清醒，會想很多事，太痛苦。」

醫生苦笑道：「真對不起，你心臟如今的情形極差，鎮靜劑會增加本來已不堪負荷的心臟的負擔，所以——」

陶啟泉喃喃地道：「我是世界上最痛苦的人，誰也不會比我更痛苦。不必等巴納德醫生，先去給我找一顆健全的心臟來。」

我退到門口，打開門，向等在門口的那些人，傳達了陶啟泉的命令，門外傳來轟然的答應聲。我不知道這些人用什麼方法去找，但他們有的是錢，應該可以找得到可供移植的心臟。

我又回到病房中，心中十分躊躇。我來了，在這樣的情形下，自然無法離陶啟泉而去，但如果我不走，陪他在這裏，又實在沒有什麼好說的，我是離去，還是留下來呢？

陶啟泉顯然看出了我的猶豫，他道：「留下來陪陪我，老實說，你是我唯一的朋友，叫他們走吧，我要見他們，自然會通知他們。」

我又去傳達了陶啟泉的這個命令，來到病牀的沙發上，坐下。醫生和護士不斷進出，我揀些輕鬆的話題來說着。到了午夜時分，陶啟泉睡着了。

兩個醫生仍然在當值，護士也保持着清醒，我十分困倦，歪在沙發上，矇矓地要睡過去，聽到兩個醫生低聲交談，才又睜開眼來。一個醫生看到我醒了：「衛先生，這件事，請你決定一下。」

醫生的神情很凝重，我還未及時問是什麼事，他又道：「有一個人，自稱是巴納德醫生的代表，堅決要求見陶先生，有重要的話要和陶先生說，是不是叫醒陶先生，還是等明天？」

我看着陶啟泉，他睡着，可是緊皺着眉，神情相當苦楚，既然是巴納德醫生派了代表來，我想他一定極其想見這位代表先生，因為他將所有的希望，全部寄託在這位可以替他進行心臟移植的醫生身上。所以，我點了點頭：「好，請他進來，我來叫醒他。」

醫生搖了搖頭，嘆了一聲，轉身向外走去，到了門口，略停了停，又轉回身來，再搖了搖頭，口唇掀動，喃喃地說了一句什麼。在這時候，我實在忍不住了，自從陶啟泉病發起，這個問題已存在我心中很久了。我向醫生作了一個手勢，示意我有話要問他，然後，向他走過去，來到了他的身邊，壓低了聲音：「醫生，問你一個問題。」

醫生的神情有點悲哀，像是早已知道我要問的是什麼問題，他也壓低了聲音：「請問。」

我再將聲音壓得低些，這可能是我自己根本不願意問，也可能是我自己早已知道了這個問題的答案之故。

我道：「陶先生，他是不是完全沒有希望了？」

醫生苦澀地笑了一下：「這是明知故問。」

我的呼吸有點急促，語音乾枯：「連巴納德醫生的換心手術也不能挽救？」

醫生作了一個手勢，我不知道他這個手勢是什麼意思，但是他那種無助的神情，卻說明了他的心情。他道：「巴納德醫生是一個傑出的外科醫生，不過事實上，自從有了第一次之後，心臟移植已經不算是最繁複的外科手術。我們醫院中，幾個醫生，都可以做，問題是在移植之後的排斥現象，陶先生他……不可能活很久，而且就算活着，也是在極度不適和苦痛之中。」

我靜靜地聽着，又望了陶啟泉一眼。死亡本來不是什麼悲劇，任何人皆無法避免。但是死亡發生在陶啟泉這樣的人身上，無疑是一個悲劇，而且，他那麼想活下去，一點也不肯接受死亡，堅信金錢可以買回他的生命。他的這種「信念」一定會幻滅。當那一刻來臨之際，他所感受到的痛苦，就萬倍於死亡本身。

我又低低嘆了一聲，作了一個無可奈何的手勢：「沒有法子了，請巴納德醫生的代表進來吧。」

醫生搖着頭，走了出去，我來到病牀前，先將手按在陶啟泉的額上，我的手才碰上去，陶啟泉整個人陡地跳了一下，他甚至還沒有睜開眼來，就已經以嘶啞的聲音叫道：「我不會死，我會活下去。」

我清了清喉嚨：「有人來看你——」

他睜開眼來，眼中是一股極度惘然的神色，我把話接下去：「巴納德醫生的代表。」

他一聽之下，發出了「啊」的一聲：「好，終於來了，在哪裏？人呢？」

我按了一下牀邊的鈕掣，使得病牀的一端，略仰起了一些：「醫生去請他進來了——」

講到這裏，我頓了一頓：「其實，每一個人，都會死。」

陶啟泉又怒又驚：「我當然知道，可是我還不到死的時候，我至少還要活二十年，唔，三十年，或者更多。」

他在講着連他自己也不相信的話，這種情形，實在令人感到悲哀，本來，我可以完全不講下去，就讓他自己騙自己，繼續騙到死亡來臨好了。

我多少有點死心眼，而且我覺得，一個人在臨死之前還這樣自己騙自己，是一件又悲哀又滑稽的事情，這樣的事情，不應該發生在像陶啟泉這樣傑出的成功人物身上。

所以，我幾乎連停都沒有停，就道：「不，你不會再活那麼久，你很快就會死，死亡可能比你想像之中，來得更快。」

我的話才一出口，陶啟泉顯然被我激怒了，他蒼白的臉上，陡地現出了一種異樣的紅色，我真怕他忍受不了刺激和憤怒，就此一命嗚呼。他揮着拳，想要打我，可是即使他憤怒和激動，他揮拳無力，蒼白的臉上現出異樣的紅暈，也使人可以感到，這是一個垂死的人。

我伸過手去，握住了他揮動着的拳頭，用極其誠懇的語音道：「你聽着，人死了不算什麼，我堅決相信，人有靈魂，靈魂不滅，比一具日趨衰老的軀體可貴得多，你不該幻想自己的肉體可以一直維持不老，應該向更遠的將來想想。」

陶啟泉顯得更憤怒，用力掙開了我的手：「廢話，什麼靈魂！」

我還想進一步向他解釋一下，他又用那種嘶啞的聲音叫了起來：「我要軀體，我的身體給我一切享受，你能用靈魂去咀嚼鮮嫩的牛肉嗎？能用靈魂去擁抱心愛的女人嗎？能用靈魂去體會上好絲質貼在身體上的那種舒服感嗎？」

我想要打斷他的話，可是他說得激動而又快速，忽然又連續地笑起來：「衛斯理，你不去做傳教士，實在太可惜。」

我苦笑，再要向他解釋人類有文明以來，宗教和靈魂的關係，那實在說來話太長了，長到了他有限的生命，可能根本不夠時間去聽的程度，更不要說領悟到其中的真正含義了。

我正在想，該如何繼續我和他之間的談話，門推開，醫生走進來，在他的後面，跟着一個身形相當高，瘦削，雙目炯炯有神，有着一個又高又尖削鼻子的西方人。

那個人，給人的第一眼印象，是他十分精明能幹，而他的行動，也表明了這一點。他一進來，幾乎沒有浪費一秒鐘的時間，就直趨病牀之前：「陶先生，我叫羅克，是巴納德醫生的私人代表。」

陶啟泉怔了一怔：「我不知道巴納德醫生還有私人代表。」

那個人——羅克——將陶啟泉當作小孩子一樣，伸手在他的頭上拍了一下：「你有很多不知道的事情，太多了。」

換了任何人，或是在任何環境之下，陶啟泉若是受到了這樣的待遇（雖然這樣的可能性極少），他一定會勃然大怒。這時，陶啟泉也怔了一怔，可是卻沒有發作，只是悶哼了一下。

羅克坐了下來，直視着陶啟泉：「關於如何使你的生命延續下去，我有話要和你說。」

陶啟泉震動了一下，直了直身子，想要開口，但是羅克立時作了一個手勢，不讓他有開口的機會，說道：「這是我和你兩個人之間的事。」

他一面說着，一面轉過頭，向我和醫生望過來。

從羅克一出現開始，我不知道為什麼，就一點也不喜歡他。我從來也沒有見過羅克，可是奇怪的是，我好像對他有一定的印象。這種模糊的印象，是來自他那高而尖削的鼻子。

我是什麼時候，什麼地方，見過一個長着這種高而尖削鼻子的西方人？

我正在想着這一點，所以對羅克的話，並沒有怎麼在意，雖然我在聽了他的話，也明白了他一講了那句話就向我望過來的用意，但是由於我在沉思，所以我的反應比平時略慢了些。

所謂「反應慢」，其實也不過是一秒鐘之內的事，可是羅克居然就不耐煩了，他發出了一下冷笑聲：「我以為我的暗示已夠明顯了。」

醫生在那剎那間，顯得十分尷尬，忙轉身向門外走去，我也站了起來。

我雖然站了起來，可是卻並沒有離去的意思，只是望着陶啟泉。

我之所以不想離開，是因為羅克根本是一個陌生人。他自稱是巴納德醫生的「私人代表」，可是卻根本沒有拿出任何證明來。讓一個這樣的陌生人，單獨和陶啟泉相處，無論如何不是恰當的事。

陶啟泉也驚道：「不論我們討論什麼事，衛先生都可以在場，他是我最好的朋友。」

羅克用一種極度嘲弄的口吻道：「好朋友？好到什麼程度？」

陶啟泉連想也不想：「好到了他可以向我直接指出，我活不久了的程度。」

羅克像是聽到了什麼最好笑的笑話一樣，哈哈大笑了起來。他笑得十分放肆，而且，笑聲是突然之間停下來的。他直指着陶啟泉：「聽着，你我之間的談話，只有你和我才能參與——」

他手用力向外一揚，續道：「沒有任何第三者可以參與，沒有任何第三者！」

陶啟泉有點憤怒：「要是我堅持他在場呢？」

羅克道：「那我們就不再談。陶先生，你現在需要的不是好朋友，而是一個能使你活下去的人。」陶啟泉的臉色十分難看，可是他沒有繼續發怒，而且顯然屈服了，他向我望了一眼，又作了一個手勢。我還是沒有離去的打算，因為我覺得，這個突如其來的羅克，愈是堅持他要和陶啟泉單獨相對，就愈顯得他形跡可疑。

羅克望向我，又笑了起來。

這傢伙，一面笑，一面道：「你在這裏不走，目的是什麼？保護他？」

我悶哼了一聲，並不回答。

羅克笑得更甚，指着陶啟泉，道：「別忘記，他是一個快死的人，我如果要殺他，根本不必動手，只要走出去，他還能活多久？」

我深深吸了一口氣，心中想，羅克的話是對的。

陶啟泉快要死了，就算要害他，也沒有什麼可以害的。羅克至多不過是騙他一些錢，陶啟泉的錢實在太多，就算叫人騙掉一點，又算什麼？我實在沒有必要堅持留在病房之中陪陶着啟泉。

一想到了這一點，我就笑了起來，聳了聳肩，轉身來到門口，拉開了門，又作了一個不在乎的姿態，走出去，將門關上。

第四部

救星？

我離開了病房之後，羅克和陶啟泉講了一些什麼，我自然不知道。

當時，我在病房門口，等了大約十分鐘左右，並沒有等到羅克離開，我和醫生說了幾句話，請醫生轉告陶啟泉我回家去了，他如果想見我，可以打電話找我，我就離開了醫院。

陶啟泉沒有打電話找我，當晚沒有，第二天也沒有。我倒着實很記掛他，因為過一天，他的生命就少一天，而他的生命，是如此的有限。

第二天傍晚，電話鈴響，我拿起了電話，聽到了那個醫生的聲音：「衛先生，巴納德醫生到了。」

我「哦」地一聲：「他怎麼說？」

我問「他怎麼說」，自然是指這位出色的外科醫生，對陶啟泉的病情有什麼意見。可是那醫生卻答非所問：「他說，他根本沒有什麼私人代表，也從來不認識一個叫羅克的人。」

我呆了一呆，那個羅克，我早知道他有點怪異，不是什麼好路數，我忙道：「那麼陶先生——」

醫生道：「陶先生早已離開醫院了。」

一聽得他這樣說，我不禁叫了起來：「什麼叫做早已離開醫院了？昨天我還和他在一起。」

醫生急急解釋：「昨天，你走後，大約又過了半小時，羅克，那個假冒的代表，就走出來告訴我說陶先生要立刻出院。我對他說那是不可能的事，以陶先生的病情而論，離開醫院，簡直是找死，但是我隨即聽到了陶先生的吼叫聲，他要出院。」

醫生講到這裏，略停了一停：「你應該知道，當陶先生決定要做一件事的時候，沒有什麼人可以阻止。」

我的思緒十分混亂。陶啟泉病情這樣嚴重，可是當他和羅克進行了大約四十分鐘的談話之後，竟然立即要出院了，這是為了什麼？

我一點也想不透那是為了什麼，但是我卻隱隱感到事態十分嚴重。

我不由自主喘着氣：「他出院之後到哪裏去了？換了一家醫院？」

醫生道：「我不知道，楊副董事長親自開車來將他接走。那個羅克，始終和他在一起。」

我呆了極短的時間，心中忍不住咕噥地罵了幾句，放下了電話，我在罵那醫生該死，為什麼陶啟泉出院，他不立刻告訴我，也在罵陶啟泉該死，他要是將我當朋友，也該告訴我一聲。

我放下電話之後，愈想愈氣，忍不住伸手在桌子上重重拍了一下。

剛好那時，白素在我書房門口經過，她半轉過身來：「怎麼啦？」

我道：「全是王八蛋！」

白素笑了一下：「什麼叫全是王八蛋，你也是，我也是。」

我瞪着眼，一點也不覺得好笑：「陶啟泉離開醫院了，也沒人告訴我。」

白素怔了一怔：「啊，他死了？」

我揮着手：「誰知道他是死是活。」

白素走了進來，用疑惑的眼光望着我，我將昨天和陶啟泉見面的情形，想勸他，勸到了一半，自稱是巴納德醫生代表的羅克進來，等等情形，向她說了一遍，白素用心聽着。

等到我講完，她才道：「真怪。」

我悶哼一聲：「其實也不怪，臨死的人，都會相信有什麼古怪的方法，可以延長自己的生命，古往今來，沒有多少人肯接受死亡必然來臨的事實。誰知道羅克向他說了些什麼，或許，羅克說海地的巫都教，可以憑邪神的力量治好他的病。哈哈。」

白素並不覺得好笑：「至少，我們該知道他離開醫院之後去了哪裏。」

給白素提醒，我又拿起電話來，撥了他家裏的號碼。陶啟泉的派頭十分大，家裏也有接線生，當我說要找陶啟泉時，接線生的回答是：「對不起，陶先生不在家。」

我有點光火：「什麼叫不在家？他是快死的人，不在醫院就一定在家，把電話接到他牀邊去，我是衛斯理，要和他講話。」

接線生的聲音仍然極柔和，柔和得使我有點慚愧剛才對她發脾氣，她道：「真對不起，衛先生，我無法照你的吩咐去做，他真的不在家。」

我道：「那麼，他在哪裏？」

接線生道：「不知道。有很多人來找過他，都不知道他在哪裏。」

我放下電話，白素道：「打電話給楊副董事長，是他接陶啟泉出院的，他一定知道。」

我正想再拿起電話，電話鈴響了，我立時接聽，竟正是楊副董事長的聲音，我一聽到是他，火直往上冒，大聲道：「陶啟泉上哪裏去了？」

楊的聲音顯得很急促，説道：「我就是為了他的行蹤，才打電話給你的，請你在家等我，我立刻就來。」

我呆了一呆，不知道他在鬧什麼玄虛，而他在講完之後，立時放下電話，我又向白素望去，白素道：「那只好等他來了再説。」

其實不到十分鐘，楊副董事長就已經喘着氣，奔上了樓梯，進入了我的書房，但是這十分鐘，卻等得我焦急萬狀，作了種種設想。

我一看到他，就揮着手：「他究竟到哪裏去了？」

楊忙搖着手：「我不知道。」

我大聲道：「胡說，是你接他出院的，怎麼不知道！」

楊幾乎要哭了出來，一個銀行副董事長忽然有了這樣的表情，實在相當滑稽。他道：「我駕車接他出院的，可是現在我不知道他在哪裏。」

楊接到陶啟泉的電話，要他立即親自駕車到醫院去接他出院，心中驚疑交集。

陶啟泉的情形極差，連日來，他們為了陶啟泉一直憂心忡忡。因為陶啟泉始終固執地認為自己可以活下去、活很久，所以對於他掌握的集團業務、財產，不肯先作任何安排。

陶啟泉既然如此固執，其餘的人，當然誰也不敢説什麼，只好心中暗自焦急，和盤算着陶啟泉一旦死亡，自己在這個集團中的地位，會發生什麼樣的變化。尤其像楊副董事長這樣地位的人，更加擔心。因為他知道，陶啟泉的兩個兒子、一個女兒，全是自小驕縱慣了的公子哥兒，如果陶啟泉在臨死之前，沒有一個切實交代，那麼，整個財團的承繼權，自然屬於陶啟泉的兒女。可是，這三個承繼人，即使在陶啟泉已病到如此嚴重之際，一個在大西洋擁着金髮美女滑水，一個在巴黎選購時裝，還有一個，在蒙地卡羅的賭場中已經有一個多月了，楊副董事長經手匯出去給他的現金，已超過了三百萬美元。

楊副董事長駕着車，進入醫院，他在想：陶啟泉是不是要開始利用他有限的幾天，作最後的交代呢？他甚至想到，陶啟泉其實大可以不必出院，只要將最親近的幾個人叫來，再叫律師來，他可以在病牀上，吩咐應該怎麼辦，誰也不會違背他的意志。

當楊副董事長看到陶啟泉和一個又高又瘦的西方人在一起的時候，他先是怔了一怔，接着，他知道自己料錯了。

陶啟泉臨出院，幾個醫生還在竭力反對，可是陶啟泉聽也不聽，臉上呈現一種着異樣的興奮，一下就上了車。

楊副董事長開來的是一輛大車子，車的前、後座之間，有着隔聲玻璃的間隔。陶啟泉上了後座，那洋人老實不客氣，也進了後座，坐在陶啟泉的旁邊，於是，楊只好以副董事長之尊，權充司機。

這還不令楊副董事長生氣，反正副董事長也好，總經理也好，在陶啟泉面前，全是小伙計，沒有大人物。而令得楊生氣，或者說，令得他傷心的是，陶啟泉一上了車，立時按下了一個鈕，將前、後座之間的玻璃隔上。這一來，楊變得聽不到他們在講什麼。

楊聽到的，只是陶啟泉的吩咐，道：「駛到王子碼頭上，小心點駕車，我還不想死。」

陶啟泉的聲音，顯得十分愉快。這種愉快的聲調，和他臉上那種興奮的神情相配合。楊副董事長在記憶之中，陶啟泉好像從來也沒有那樣高興過。只有一次，幾年前，陶啟泉在經過激烈的競爭之後，將一個歐洲財團打得幾乎破產，而令他的財產，又增加了一百億美元以上時，才約略有過這樣的神情。

楊副董事長不知道發生了什麼事，他只是將車子駛到了碼頭，那大約是三十分鐘的路程。

王子碼頭是一個專供遊艇上落的碼頭。不是假日，天氣又不好，顯得相當冷清。

楊副董事長才停了車，就看到後座車門打開，陶啟泉和那又高又瘦的西方人，一起下了車，陶啟泉向他招了招手，楊連忙也下車。

陶啟泉將一盒錄音帶交給了他：「你將這卷錄音帶，交給衛斯理，立刻去——不，等到明天，明天傍晚時分，才交給他，不能太早。」

楊接過了錄音帶，十分着急：「陶先生，你要到哪裏去？」

陶啟泉道：「我要離開一些日子，大概一個月，我會和你們保持聯絡。所有的業務，你可以作主的，先替我作主，作不了主的，等我回來。」

楊副董事長知道陶啟泉病情，聽了之後，當時就呆了一呆，失聲道：「離開一個月？」

陶啟泉拍了拍楊的肩：「是的，至多一個月，或許不要那麼久。」

楊副董事長覺得在這一剎那間，他不知道還有多少話要說，可是那西方人——當然就是羅克——已經將一艘十分漂亮的遊艇，叫了過來，遊艇泊在碼頭邊上，陶啟泉甚至不要人扶，自己就上了遊艇，羅克也跟了上去。

楊副董事長也想上艇，陶啟泉道：「你回去吧，照我的吩咐做。」

楊副董事長這時，心頭混亂一片，陶啟泉的吩咐，完全沒有法律效用，沒有人可以為他作證，如果陶啟泉一去不回，那麼——

就在楊的紊亂思緒中，那艘外型極美麗的遊艇，已向外駛去。

楊無可奈何，只好駕車回去，一直等到今天傍晚，才和我聯絡。

他道：「所以，陶先生去了哪裏，我真的不知道。」

我不等聽楊將經過講完，就已經叫了起來，問道：「那卷錄音帶呢？」

楊立時鄭而重之，取出了錄音帶，一面還帶着焦慮的神情望着我：「錄音帶的遺囑，在法律上有效麼？」

我道：「去他媽的遺囑！這是他要對我講的話！」

我找出了錄音機，放進了錄音帶，按下鈕掣，立刻就聽到了陶啟泉的聲音。

正如楊所講的一樣，陶啟泉的聲音，聽來顯得十分愉快。一個垂死的人，無論如何矯情，都無法假作出這種愉快的聲音來。

以下，就是錄音帶中，陶啟泉講的話：

「真對不起，衛斯理。我不能讓你知道發生了什麼事，至少暫時不能。不過，你要百分之一百相信我的話，在我身上發生的事，只會對我有利，絕對不會有害，你一定要相信這一點，不可胡思亂想，我知道你最喜歡胡思亂想。所以，你不必自作聰明地採取什麼行動，如果那樣做的話，只會害我，絕對幫不了我，我們是好朋友，你可以說是我唯一的朋友。如果我真的很快會死，你在醫院中對我講的話，很有幫助，可是如今情形不同，我絕對可以得救，你等着我的好消息，千萬不要為我做什麼，什麼也不必做。」

錄音帶上，陶啟泉的話，就是這些。

他用的字眼，如「自作聰明、胡思亂想」等等，對我的自尊心，多少有點傷害，但毫無疑問，是陶啟泉親口所說。

我又重放了一遍，一心想在其中，聽出點隱語來，因為據楊副董事長說，羅克和他一起在車後座，那就大有可能，他是在脅迫之下才作這個錄音的。

（想起陶啟泉「自作聰明」的評語，頗有點哭笑不得。）

在又聽了一遍之後，實在聽不出什麼破綻來，白素望着楊，問道：「他上船之前，曾說要離開一個月？」

楊忙道：「是的——」

白素打斷了他的話頭：「他還說，會盡快和你聯絡？」

楊又道：「是，我也不明白他那樣說是什麼意思。」

白素向我望來，我皺着眉：「照這樣情形看來，他像是去接受治療，哼，那個羅克，他是什麼人？是一個神醫？」

白素呆了片刻，才道：「羅克是一個十分神秘的人物，他一定是用極其動聽的話，打動了陶啟泉——」

我插嘴道：「要打動一個垂死的人，太容易了，只要告訴他有辦法使他活下去就可以了。」

白素不以為然：「那也不容易，陶啟泉極精明。」

我冷笑道：「秦始皇不精明麼？他還不是相信了可以長生不死！」

白素嘆了一聲：「羅克向他說了些什麼呢？」

白素像是自己在問自己，她沒有答案，我自然也沒有答案，白素問了幾次之後，才道：「楊先生，請你安排我們和巴納德醫生見一次面。」

楊副董事長點頭答應。

和巴納德醫生的見面經過，相當愉快。

巴納德到了，陶啟泉反倒沒有露面，巴納德醫生不免有點耿耿於懷。但是楊副董事長仍然履行了全部承諾，巴納德醫生可以不必做什麼而得到豐厚到出乎他意料之外的報酬，耿耿於懷的程度，自然也就減至最低。

談話的內容，當然是環繞着人體的健康、心臟病的種種。當談話進行到一半時，我就提出了我的問題。

我先問了幾個關於心臟移植的問題。由於事先曾看了不少參考書，所以提出來的問題，相當中肯，巴納德醫生解答得也很詳細。

等到問題到了心臟移植後的排斥現象，巴納德醫生嘆了一聲：「這是最難解決的一環，人體有自然排斥外來移植體的功能。這種功能，本來起保護作用，但是反倒成為各種移植手術的最大障礙。」

我問道：「這種排斥現象，沒有法子可以補救？」

巴納德醫生攤開手：「至少，我和我的同業，已經用盡了方法，排斥現象十分複雜，就算是近血緣親屬的器官移植，有時也會有嚴重的排斥現象。」

我笑着：「如果是同卵子孿生者，他們互相之間，是不是可以作器官移植呢？」

巴納德醫生也笑了起來：「理論上應該可以，可是卻沒有作過實驗，也沒有什麼雙生子，肯將自己的心臟互相調換一下來試試看。」

在一旁聽得巴納德醫生這樣講的人，都一起笑了起來。

在笑聲中，巴納德醫生又道：「而且，所謂在理論上可以，也只不過是粗糙的理論而已。人體的結構、組成，實在是太微妙了，有許多因素，至今仍不為人所知。譬如說同卵子孿生，當然是兩個人一切結構最接近的典型。但是最接近，並不是說完全相同。他們來自同卵子發育，但一定是兩個不同的精子去促成發育的，來自同一人體的精子，每一個都有它獨特的遺傳特性，絕不相同，這便是兄弟姐妹之間，性格可以完全不同的原因。所以，即使是同卵子孿生，是不是可以在器官移植方面，全然不發生排斥現象，也不能肯定。」

我用心聽着他的話，然後又問：「那麼，根據你的意思，是不是重要器官的移植，絕不能挽救一個這個器官已受嚴重傷害的人的生命？」

巴納德醫生吸了一口氣：「可以這麼說。」

我苦笑了一下，提出了具體的問題：「你看過陶先生的病歷紀錄，請問，如果他進行心臟移植，在最好的情形之下，能夠生存多久？」

巴納德醫生說道：「沒有人知道。」

我道：「請你作一個大略的估計。」

巴納德醫生皺着眉，或許是因為我的問題，不合情理，使他難以回答，他遲遲不出聲，過了好一會，才道：「我仍然無法回答你的問題，不過，至今為止，情形最好的換心人，又生存了兩年。」

我深深吸了一口氣，想起了陶啟泉神秘不知去向，和他留給我那卷錄音帶中所說的話，我作了一個手勢：「除了你之外，世界上沒有更好的心臟移植專家了？」

巴納德醫生用力揮了一下手，神情也顯得相當嚴肅：「不能這樣說，心臟移植並不是什麼了不起的外科手術。有好設備的醫院，好外科醫生，就可以進行，世界各地，都有成功移植的例子。」

我道：「他們遭遇到的困難，自然也相同？」

巴納德醫生道：「當然是。」

我本來的設想是，陶啟泉可能找到了更好的醫生，所以才不要巴納德醫生替他施手術，悄然離開。但這個假設，顯然不能成立。我只好繼續作另一個假設，陶啟泉循別的途徑，去治療他的嚴重心臟病了。

所以，我又問道：「照陶先生的病情來看，是不是可以有別的醫治方法？」

巴納德醫生不說話，只是搖着頭：「奇蹟，有時也會發生，但是科學家比較實在，寧願不等奇蹟的發生，而將等待的時間，去做一些實實在在、有把握的事。」

我被他諷刺了一下，但當然不以為意，我再想得到肯定的答案，又問道：「像陶先生這樣的病情，絕對沒有希望了？」

巴納德醫生望了我半晌，才道：「我已經説過，有時，或者會有奇蹟發生。」

他說了這句話之後，四面看了一下：「他究竟在什麼地方？為什麼不露面？是沒有勇氣面對他所要接受的噩運？」

一提到了陶啟泉在什麼地方，楊副董事長連忙過來，岔開了話題。我們又談了一些別的問題，和巴納德醫生的會面，就此結束。

在回家途中，我和白素，起先保持着沉默，後來，我忍不住道：「如果我們承認巴納德醫生的專家地位，那麼，陶啟泉是死定了。」

白素嘆了一聲：「人總是要死的。」

我道：「可是他失蹤了，那個自稱巴納德醫生私人代表，究竟在搞什麼鬼？」

白素皺着眉：「不管那人在搗什麼鬼，陶啟泉總是活不長了。」

我「啊哈」一聲：「白小姐，那可大不相同。陶啟泉是一個極重要的人物，他掌握了數不清的財富，他的一舉一動，可以影響許多人的生活，甚至可以影響國際局勢。」

白素道：「那又怎樣，反正他一定要死。」

我吸了一口氣：「你怎麼沒想到，如果有什麼人，用一番他肯相信的話，騙得他以為他還可以活下去，而要他答應某些條件的話，他一定肯答應。」

白素的神情不耐煩：「那又怎樣？」

我學着她的語氣：「那又怎樣？那意味着大量金錢的轉移，意味着經濟上的混亂，意味着許多許多的變化，意味着——」

我還想說下去，白素一揮手，打斷了我的話頭：「說來說去，無非是錢！你應該知道，一個人最寶貴的是他的生命，就算是最吝嗇的守財奴，到了最後關頭，也會願意用他的全部金錢，來換取他的生命。」

我悶哼了一聲：「如果真能用錢來買命，那問題倒簡單了。」

白素道：「我明白你的意思，你是說，陶啟泉可能上當、被騙？」

我點了點頭，白素笑了起來：「我還是那句話，那又怎樣？假設對方，用可以挽救陶啟泉的生命作誘惑，向陶啟泉騙取大量金錢，而陶啟泉又相信了，讓他臨死之前，快樂一點，又有什麼不好？」

我想反駁白素的話，可是一時之間，卻想不出什麼話來，只好道：「那，也是一個騙局。」

白素道：「你聽聽陶啟泉錄音帶中的聲音，顯得多麼肯定和快樂，就算是一個騙局，也不必揭穿，讓他在最後的時刻中，享受一點快樂！」

雖然我覺得整件事，極之不對勁，但是我無話可說。我甚至無法確切地說出整件事究竟何處不對勁，總覺得事情的一切過程，有太多不合情理和值得懷疑的地方。

我沒有什麼可以做，除了等陶啟泉主動和我們聯絡之外。

當然，我也不是什麼都不做，我去調查了一下，調查陶啟泉和那個自稱羅克的人，登上那艘遊艇，駛向何處去。

調查的結果，在向南去的航程中，有幾艘船，看到過這樣的一艘遊艇，以相當高的速度向南駛。看到的人，一致對這艘遊艇的速度之高，表示驚訝，由此可知那是一艘性能絕佳的遊艇。

至於那艘遊艇駛往什麼地方，完全沒有人知道。那也就是說，陶啟泉到什麼地方去了，除了他自己和羅克之外，沒有人知道。

白素看我這兩天來，心神不定，她勸我：「你不是準備去調查一下丘倫的死因麼？他是你的好朋友，應該為他做點事。」

我苦笑了一下：「我在等陶啟泉的消息。」

白素道：「他一有消息，我保證用最快的方法，讓你知道。」

呆等下去，當然不是辦法，我也只好接受白素的提議。因為像丘倫這樣精彩的人，不明不白，被人殺了，埋屍在叢林之中，作為他生前的至交，該去查詢一下。於是，我便將陶啟泉的事暫時拋開，千叮萬囑，要白素一有他的消息，便立時轉告我，然後，啟程到瑞士去。

第五部

企圖隱瞞什麼

我到達勒曼鎮的時候，正是黃昏。駕着租來的車子，迎着夕陽疾駛，路邊風光如畫，賞心悅目。勒曼鎮恬靜寧謐，是一個典型的歐洲小鎮。鎮上總共只有一家旅館，我以為在這樣的小鎮中，旅館房間絕不成問題，所以根本沒有想到預訂房間這回事。

誰知道，當我提着簡單的行李下車，走進那家相當古老的建築物，面對着中年、半禿、相貌敦厚的店主人，表示要一間舒適一點的房間，店主人用極其抱歉的神情和語氣對我道：「真對不起，先生，所有的房間，全都租出去了。」

一時之間，我幾乎不能相信自己的耳朵，只是瞪着他，而當他重複了一遍之後，我才發出了「啊」地一聲：「還有別家旅館麼？」

店主人道：「真抱歉，鎮上只有一家旅館。」

我道：「這好像不可能吧，這裏不是旅遊聖地，看起來，你這家店，至少有二十間房間。」

店主人說道：「一共是二十八間。」

我再問一次：「全滿了？」

店主人道：「是的，真抱歉，全滿了。先生，你知道，我拒絕你，心情就像拒絕一個老朋友想來住宿一樣難過。」

這令得我大是躊躇，我該到什麼地方去住宿？或許，可以在車子中過夜？店主人看出我的神情十分為難，他向我解釋着旅館客滿的原因：「不知是亞洲哪一個國家，來了一位將軍，在附近的醫院中療養。現在我們店中的住客，全是這位將軍的僚屬。」

我「啊」地一聲：「齊洛將軍！」

店主人連聲道：「是，是。」

齊洛將軍在勒曼鎮附近的療養院，這則新聞，我在報上看到過，想不到這位將軍來治病，有那麼大的排場，我正在考慮，是不是可以請店主人隨便挪一點地方給我住住，便看到有三個亞洲人，自店內走了出來。那三個人一看到了我，就用充滿敵意的眼光，向我上下打量。

這三個人，一看他們的樣子，就知道他們一定是齊洛將軍的保安人員，我隨便看了他們一眼，就轉過臉去，對店主人道：「隨便是什麼房間，即使是雜物室也好，我只要——」

我話還沒有講完，便覺得那三個人已經來到了我的身後，而且，他們來得太近了，那不是陌生人之間應有的距離。

一雙手搭上了我的肩頭，同時，一個十分粗魯的聲音道：「快走，所有房間，我們全包下了。」

我心中十分惱怒，但是我還維持着鎮定，冷冷地道：「請把你的手拿開。還有，我建議你剪一下指甲，太骯髒了。」

我的話說得十分冷靜，背後那人卻被我激怒，他按在我肩頭上的手，陡地緊了一緊，變成抓住了我的肩頭，他的兩個同伴連忙叫了一句，用的是他們國家的語言，在叫那人別生事。

可是他同伴的警告，已經來得遲了，就在那人的手指一緊，抓住我的肩頭之際，我的左臂，陡地向後一縮，肘部已經重重撞在那人的肋骨上。

我也不想多生事，不然，我那一撞，至少可以令得他斷兩三根肋骨。那人發出了一下怒吼聲，我已經疾轉過身來，看到那人的手按在胸前，神情又驚又怒，他的兩個同伴扶住了他，也一臉怒容。

我指着他們：「想打架？還是在這裏奉公守法？」我用的也是他們國家的語言。那三個人一定以為我是他們國家的人了，一個狠狠地道：「你要是回去，一下飛機，你就——」

我不等他講完，就打斷了他的話頭說：「歡迎你們在機場等我。」

然後，我側着頭，用不屑的神情望着他們道：「看你們的情形，好像很難保護齊洛的安全。」

那三個人臉色發青，我將行李袋往背上一搭，迎着他們走過去，三個人忙不迭後退，我來到旅館門口，又轉過頭來，大聲道：「別忘了剪指甲。」

那個被我撞了一肘的人，還想追出來，可是被他兩個同伴拉住了。

我出了旅館，這種小衝突，我不會放在心上，不過找不到旅館，總不是愉快的事。我上了車，緩緩駛着，向人問明了當地警署的所在地，轉過了兩個街角就到，進了警署，大叫了至少有一分鐘，才有一個年輕警員，慌慌張張自後面走了出來。

那警員看到我，怔了一怔：「什麼事，先生？」

我道：「我是丘倫的朋友。丘倫，就是不久之前，在森林之中發現了他屍骸的那個死者的名字。」

那警員「哦」地一聲：「是，是！」他仍是一臉疑惑：「你來是……為了什麼？」

我耐着性子：「丘倫死因可疑，你們有沒有調查過？」

那警員挺了挺身：「當然有，他有可能被謀殺。可是，那是五年多前的事，完全沒有線索。」

再有經驗的偵探人員，對於五年前的一宗無頭案件，也無從着手調查。何況，死者是一個外來的人，看來當地警方，對這件案子，也不是特別重視。

我搔了搔頭：「我想弄明白他的死因，是不是可以將資料——和這件案子有關的資料，給我看看。」

那年輕警員一口答應：「可以。」

他說着，已拉開了一個文件櫃的抽屜，找了一下，找出了一個文件夾來，交給了我，並且示意我在一張辦公桌前坐下。

打開文件夾，有關資料，也少得可憐。除了一份發現骸骨的經過，只有那森林的一幅簡圖，畫着發現骸骨處的正確地點。另外有一份警方的文件，上面有我的名字，是記錄着死者有遺物，指明是要交給我，所謂「遺物」，自然就是海文小姐帶來給我的那幾張照片。

再就是一份法醫的報告，說明死者致死的原因，和死亡的時間。

死亡時間當然是估計的，大約是五年之前。我將資料看了幾遍，將那份森林圖摺了起來，放進衣袋之中，那警員也沒有抗議。

離開警局，天色已經完全黑了下來。如果有住宿的地方，我當然會先休息，明天再開始工作。但如今反正我要在車中過夜，就想先到那森林去看看，可是我駕車離開了小鎮，卻又改變了主意。

森林，只不過是發現丘倫屍骸的所在。丘倫被人殺害之後，將他的屍體埋葬在哪個地點，對整件案子的關係不大。

關係最大的，當然是命案發生的地點，現在一點線索也沒有。其次，就是丘倫和海文約會的那個小湖邊。丘倫在那裏遇到了一件奇事，他也拍下了不少照片，去追尋答案，而在追尋的過程中遇害，到那小湖邊上去，比到森林中去重要得多。

所以，我改向那小湖駛去，在途中，我又自然地想起了齊洛將軍。

丘倫在五年多前，聲稱看到了齊洛將軍，而且還託人打電話給我提起這件事。他又拍了不少照片來證明。

在海文的斜述中，齊洛將軍在小湖邊被人硬拖上一輛車子，而那輛車子，則是高爾夫球場上所使用的那種。

循這條線索追下去，應該可以有點頭緒。

半小時後，車子經過一棟建築物，那建築物有着相當高的圍牆，範圍極大，看來超過一公頃，我知道，那就是那所療養院。

醫院需要有那麼高的圍牆，這有點怪，或許這是一間專為達官貴人而設的療養院，所以才要有這樣的設備？我當時也沒有在意，繼續前駛，在路邊停了車，向湖邊走去。

當晚的月色相當好，湖水粼粼映着月光。湖邊一個人也沒有。湖旁，全是柔軟的草地。看到這樣優美的環境，我在草地上走了一會，估計來到了當日丘倫和海文約會的地點，就在草地坐了下來。

我先是對着湖水坐着，後來，半轉過身子來，向着公路的方向。

我在迅速地轉着念，那種球場上使用的車子，既然不能駛得太遠，如今視線所及，公路有幾條岔路，但是在我駕車前來之際，除了那座療養院之外，沒有別的建築物。

那麼，這種車子，應該就是療養院使用的。

那麼，丘倫的死，就和這座療養院有極大的關係。

這座療養院中的病人，已知的有齊洛將軍、辛晏士等等，有這樣高貴身分病人的醫院，會和謀殺案扯在一起？

我又設想着丘倫當日發生的事，他看到了齊洛將軍，從他拍下的照片來看，那個在照片上酷肖齊洛將軍的人，被另外三個人硬拉上車，一個叱吒風雲的將軍，就算成了病人，也不應該受到這樣粗暴的待遇。

其中當然有着什麼不為人知的秘密，而丘倫可能因為追查這個秘密，惹來了殺身之禍。

秘密究竟是什麼？我不但不知道，而且連秘密的性質如何，也無從設想起。

在湖邊，我呆坐了大約有半小時，一直在想着，四周圍十分靜，直到我用力撫了一下臉，我才聽到那一陣悉索聲。

由於剛才我集中精神在思索，所以我無法知道這種聲響已經持續了多久，但當我一聽到這種聲音之際，便立時循聲看去。

聲音是離我坐的地方，大約二十公尺處的一個灌木叢中發出來的。那不是風聲，起先，我還以為那是什麼小動物，在灌木叢中活動，但是我立時看到了在月色下，灌木叢的影子之旁，另外有一個黑影。那黑影，略為辨認一下，就可以看得出，那是一個蹲着的人。

發現湖邊除了我之外，還有別人，我不禁呆了一呆，從黑影的動作來看，一時之間，我無法肯定這個蹲着的人是在幹什麼，我慢慢站了起來，向那灌木叢走了過去。我不是故意放輕腳步，人走在柔軟的草地上，本來就不會發出什麼聲音來。

那個蹲着的人，一直沒有發現我，直到我已經可以看到他，他還是沒有發現。

我看到那人，蹲在地上，正在十分起勁地，用手挖着樹根旁的泥土，將挖鬆了的泥上堆起來。我在他的背後站了半分鐘之久，他一直在做同樣的事，我也無法知道他的目的是什麼。

由於我在他的背後，所以無法看到他的臉面，而他又低着頭，挖得全神貫注，好像將泥土挖鬆，堆起來，是一件十分有趣的事。

我在看了十分鐘之後，實在忍不住，先是輕輕咳嗽了一聲，然後，我道：

「朋友，你在幹什麼？」

我一開始弄出聲音來，那人就陡地轉過頭來，盯住了我，一動不動，那神情，十足是一頭受了驚的小動物。我怕他進一步吃驚，所以向後退了兩步，再向他作了一個表示友善的手勢。

那人在我向後退的時候，動作相當緩慢地站了起來。直到這時，我才看出，他的身形，高大魁梧，看來像是亞洲人，膚色相當黑，眼睛也比較深，相貌很神氣，可是神情卻極其幼稚。

這人穿着一件看來極其可笑的白布袍子，以致好好的一個人，看起來像小丑又不像小丑，有種說不出來的滑稽味道。

當他完全站直了身子之後，看他的表情，像是想笑，但又不知道該如何才好，十分緊張，有點手足無措。

我只好再向他作一個手勢：「你好。」

那人的口像動了一下，可是卻沒有聲音發出來，而且在剎那間，他忽然又現出了極其驚懼的神色來，連連向後退。

他退得太急了一些，以致一下子，不知被什麼東西絆了一下，背向灌木叢，仰跌了下去。我一見到這種情形，忙跳過去扶他，伸手拉住了他的手臂。

誰知道我好意的扶持，卻換來了意料不到的後果，他忽然發出了一下怪叫聲，聽來十分駭人，我還未曾明白他為什麼要怪叫，手背上陡地一痛，一時之間，我簡直不能相信自己的眼睛：這個身形高大的男人，竟然正低着頭，用他的口，在狠狠咬我的手背。

當你的手背被人咬的時候，唯一對付方法，當然是立即捏住咬人者的腮，令他的口張開來。我當時就是這樣做，而且，當那人的口被我捏得張了開來之後，我還揮拳，在他的下顎上，重重擊了一拳。這一拳，打得那人又發出了一下怪叫聲，跌進了灌木叢中。

我捽着手，手背上的牙印極深，幾乎被咬出血來。我心裏又是生氣，又不明白，正想向那人大聲喝問之際，兩道亮光，射了過來。

我看到一輛車子，向前疾駛而來，車子的速度相當快，一下子就駛到了近前，自車上跳下了兩個人，直撲灌木叢。

那兩個人的動作十分快，一撲進灌木叢中，立時抓住了那個人，那個人發出可怕的呼叫聲，掙扎着，但是卻被那兩個人拖出來，拉向車子。而在這時候，我也已看清了，那輛車子，正是丘倫的照片中曾經出現過的那種輕便車。

那兩個人自然也看到了我，他們向我瞪了一眼，又互相交換了一下眼色。我看他們已經將那人拉上了車子，兩人中的一個已經跳上了駕駛位，我忙叫道：「喂，等一等，這個人是什麼人？」

那個駕車的粗聲道：「你以為他會是什麼人？」我揚着手：「他咬了我一口。」

那個人悶哼一聲，不再理我，車子已向前駛去，我立時跟在後面追，車子去得很快，我追到一半，便不再追車，而奔向我自己的車子，等我上了車，發動車子，還可以看到那輛車子的燈光，我駕着車，以極高的速度，疾追上去。

那輛車子，駛近療養院，從自動打開的鐵門中駛進去。我的車子跟蹤駛到，鐵門已經自動關起，我若不是停車停得快，幾乎直撞了上去，緊急煞車的聲音，劃破了靜寂，聽來十分刺耳。

我先不下車，在車中定了定神，一切事發生得太突然，叫人無法適應。我只可以肯定一點：這個有着高得不合理的圍牆的醫院，一定有極度古怪。

我吸了一口氣，下了車，來到鐵門前，向內看去。醫院的建築物，離鐵門大約還有三百公尺。醫院建築物所佔的面積並不大，圍牆內是大幅空地，是一個整理、佈置得極其美麗的花園，整個花園，純歐洲風格。在距離鐵門一百公尺處，是一圈又一圈玫瑰花，圍着一個大噴水他，噴水池的中心，是一座十分優美的石像。

建築物中透出來的燈光不多，花園更浸在黑暗之中，看來十分寧謐，全然不像有什麼變故發生過的樣子。我略為打量了一下，就伸手去按鈴。

我才一按下鈴，就聽到門鈴旁的擴音機，傳出了一個聽來很低沉的聲音：「什麼人？什麼事？」

我吸了一口氣，這個問題，並不容易回答，我採用了最審慎的態度：「我是一個過客，剛才發現了一些難以解釋的事，想找你們的主管談談。」

我一面說，一面打量着鐵門和門栓，立即發現有一具電視攝像管，正對着我，可知和我講話的人，可以在一具熒光屏上看到我。

我以為，我說得這樣模糊，對方一開始語氣就不怎麼友善，我的要求一定會被拒絕，誰知道對方只是停了極短的時間，就道：「請進來。」

他答應得那樣爽快，倒令得我一呆，可是我已沒有時間去進一步考慮，因為鐵門已自動打開，我道了謝，走進鐵門，門立時在我後面關上。

在我的想像之中，這座醫院既然有古怪，我走進去，一定會有十分陰森詭秘的感覺。可是事實上，卻一點這樣的感覺都沒有，月色之下，經過刻意整理的花園，處處都顯得十分美麗。

當我走過噴水池時，已看到醫院的大門打開，一個穿着白袍的人，向我走來。當我們相遇時，那人伸出手來，説道：「你是將軍的保鏢？」

我怔了一怔，反問道：「齊洛將軍？不是，我和他唯一的關係，大約只是我們都是亞洲人。」

那人呵呵笑了起來：「那我犯錯誤了，不該讓你進來。」他講到這裏，又壓低了聲音，現出一種十分滑稽的神情：「齊洛將軍要求我們作最嚴密的保安措施，我們醫院中的病人，盡有煊赫的大人物，但從來也沒有一個比他更緊張的。」

這個人，大約五十上下年紀，面色紅潤，頭髮半禿，一副和善的樣子，給人的第一印象，十分良好。

我和他握手，他用力搖着我的手：「你説剛才遇到了一些不可解釋的事？那是什麼？看到了不明飛行物體，降落在醫院的屋頂？」

他説着，又呵呵笑了起來，我只好跟着他笑：「不是。」

他問道：「那麼是——」

我把我在湖邊見到的事，向他説了一遍，那人一面聽，一面搖着頭：「是的，我們的一個病人，未得醫生的許可，離開了醫院的範圍。」

我道：「一個病人？」

那人道：「是的——哦，我忘了介紹我自己，我是杜良醫生，喬治格里·杜良。」

他好像很希望我一聽到他的名字，就知道他是什麼人，可是，我對醫學界的人士熟悉程度，還沒有到這一地步，所以我只好淡然道：「醫生。」

杜良醫生的神情多少有點失望，他繼續下去：「這個病人，你多少覺得他有點怪。他患的是一種間歇性癡呆症。這種病症，十分罕見，發作的時候，病人就像白癡一樣，要經過長時期的治療，才有復原的希望。」

杜良醫生在開始說的時候，已經向醫院的建築物走去，我跟在他的身邊。等到他講完，已來到了門口，他向我作了一個請進的手勢。

看他的神情，全然不像是對我有什麼特別防範。而他的解釋，也十分合情合理，我也應該滿足了。如果不是有丘倫的死亡一事在前，我可能就此告退。

我在門口，略為猶豫了一下，杜良揚了揚眉：「不進去坐坐？」

我道：「不打擾你的工作？」

杜良攤開了手：「輪值夜班，最希望有人來和你閒談，你是——」

我向他說了自己的姓名，虛報了一個職業，說自己是一個遊客。杜良搖着頭：「別騙人，遊客怎麼會到這裏來？我看你，是一個太熱心工作、想採訪一點獨家新聞的記者。」

我只好裝成被他識穿的模樣，尷尬的笑了一下。杜良十分得意地笑着。我們走進建築物的大門，門內是一個相當寬敞的大堂，一邊是一列櫃枱，有一個值夜人員，正在看小說。

我不厭其煩地形容醫院內部的情形，是因為這家醫院，雖然我認定了它有古怪，可是從外表看來，它實在十分正常，和別的醫院全無分別。

杜良帶着我，轉了一個彎，進入了一間休息室，從電熱咖啡壺中，倒了一杯咖啡給我：「我只能告訴你，齊洛將軍的健康十分良好，可以在最短期內出院，回國重掌政務。」

我不是為了採訪齊洛將軍病情而來的記者。我的目的，其一是想看看這間醫院內的情形，如今看不出什麼異狀。第二，則是想在杜良的口中，套問出一點我想知道的事情。

我首先想到的，是丘倫多年前在湖邊的遭遇，所以我一聽得他這樣說，立時湊近身去，裝出一副神秘的樣子來，壓低了聲音：「齊洛將軍這次是公開就醫，但早五年，他曾秘密來過？」

杜良呆了一呆：「沒有這回事。」

我伸手指着他：「你在這裏服務多久了？要是超過五年，一定知道，請不要騙我。」

杜良道：「我在這間醫院，已經服務超過十年了。」

我打了一個哈哈：「那就更證明你在騙人，我有一個朋友，五年前，在離這兒不遠的一個湖邊，看見過齊洛將軍，還拍下了照片。」

杜良皺着眉，瞪着我，看他的神情，像是聽了什麼極度不可思議的事情，不多一會，他便恍然大悟笑了起來，用力一拍他自己的大腿：「對了，那時，將軍還不是什麼特別顯赫的人物，所以我記不起他，他好像來過。」

杜良從一出現開始，給我的印象就不壞，他愛呵呵笑，說話的態度也很誠懇，而且主動請我進醫院的建築物來，一點可疑的跡象都沒有。

可是這兩句話，卻令得我疑雲陡生。

如果有一個病人，幾年前來過，現在又來，正在接受治療，絕無可能由於這個病人上次來求醫時地位不是十分煊赫，而忘記了這件事。

杜良的這句話，明顯地表示：他是在說謊。

他為什麼要說謊？企圖隱瞞什麼？我迅速地想着，不拆穿他，只是隨口附和了幾句：「我那位朋友，就在他看到齊洛之後的相當短時間內，被人謀殺，你有什麼意見？」

杜良的回答倒很得體：「我能有什麼意見？」

我盯着他：「我想，他是由於發現了一個極大的秘密，所以才招殺身之禍。」

杜良神情感嘆地道：「是啊，探聽別人的秘密，是一個壞習慣——」他說到這裏，伸手向我指了一指：「對健康有害。」

我尷尬地笑了一下，四面看看，杜良道：「你認為我們醫院中有什麼秘密？」

我故意道：「那也難說得很。」

杜良又笑着，湊近我：「據我知道，在地下室，正在製造吸血殭屍、科學怪人，還有鬼醫，你可真要小心一些才好。」

我道：「好笑，很好笑。」我站了起來，伸了一個懶腰：「我要走了。」

杜良一直陪着我走出了醫院的大鐵門，看着我上了車。

如果不是杜良的話引起了我懷疑，我真的可能就此離去，另外循途徑去調查丘倫的死因。但這時，既然有了懷疑，自然不會就此算數。我駕着車向前駛，肯定杜良看不到我了，才停車熄燈。

四周圍十分靜，我在車中靜坐了片刻，將發生在丘倫身上的事，和我自己的親身遭遇，又仔細想了一遍，仍然覺得那座勒曼療養院可疑，但是究竟可疑在什麼地方，我卻也說不上來。

我停了幾分鐘，就下了車，循原路走回去，看到醫院的圍牆時，我的行動十分小心，盡可能掩蔽着前進。

到了牆腳，貼牆站定，抬頭向上看去，約有八呎高的圍牆，看來十分異樣。我不能肯定牆頭是否另外還有保安設施。要爬上這樣高的圍牆對我來講不算困難。

我先取出了一副十分尖銳的小鑿子，將尖端部分，插進了磚縫，然後，逐步逐步向上爬去。大約是經過了四五次同樣的程序，右手向上伸，已經可以摸到牆頭。我緩慢地伸出手去，在牆頭上小心輕碰着，發現牆頭上除了粗糙的水泥之外，什麼也沒有。只要一用力，就可以翻過牆頭去。

圍牆上什麼保安措施都沒有，這多少令我有點失望，因為我想，這間醫院，如果和重大的秘密有關，就不應該如此疏忽。如今這種情形，是不是表示我犯了錯誤，這間醫院其實並不是我的目標？

我想了一會，心想不管怎樣，偷進去看看，總不會有損失。所以我一縱身，身子已經打橫着越過了圍牆，牆腳下是草地，我放鬆了身子，向下跳去，輕而易舉，就進了醫院的花園。

這時，我是在醫院建築物的左側，在月色下看來，整個花園十分靜，一個人也沒有。我向前迅速走出了幾步，發現在地上，投下了長長的影子，相當容易被發現。

我立時矮下了身子，用可能的最高速度向前移動。不一會，就來到建築物的旁邊，貼着牆走了十來公尺，就到了一扇門前，門鎖着，但是在弄破了玻璃，伸手進去之後，門便被打開。

門內是一條相當狹窄的走廊，燈光黯淡，走廊的兩邊大約有八到十間房間，門都關着。

我一面向前走，一面試推每一扇房門，有的沒有鎖，有的鎖着，沒有鎖的房間，包括有兩間是洗手間，另外有三間，堆放着一點雜物。

這種情形，和普通的醫院一樣，實在沒有什麼可疑之處，我已經快走出這條走廊，走廊外面，是一個川堂，可以看到有兩架升降機。這時，其中一扇升降機的門打開，一個穿着白衣服的人，走了出來，向前走去。我為了不讓他看到，就閃身貼在一扇門後。

等那人走了過去，我反手去扭門柄，門鎖着。在這以前，我也曾發現有三四扇門是鎖着的，我並沒有去打開它們，因為我認為這些房間，沒有什麼值得注意之處。這時——我發現那間房間鎖着，我也不打算去打開它，只是在尋找着適當的時機，越過那個川堂，到醫院其他地方，去察看一番。

可是也就在這時，我突然被一種聽來十分奇異的聲音所吸引。這種聲音，才一入耳，絕無法肯定那是什麼。而它又在離我極近的距離發出來，所以嚇了我一跳。

我打量着身邊的情形，極快地，我就發現在我的身邊，實在沒有任何可以發出聲音的東西。聲音聽來在我身後發出來的，而我，背貼着一扇門站立着。那也就是說，聲音從門後發出。

肯定了這一點，我也可以估計到，那種聽來絕不悅耳的聲音，是有人在門後面，不知用什麼東西在門上刮着所發出來的。

我吸了一口氣，將耳貼在門上。耳朵一貼上去，聲音聽得更清楚，聽來，那像是有人用手在門上爬搔着。我聽了約有半分鐘，心中起了一種極度的詫異之感。這一帶的房間，大都是雜物室，有什麼人，會躲在一間雜物室中，用手抓門？

我再轉了轉門柄，門仍然推不開，我略向鎖孔看了一下，這種門鎖，不消半分鐘就可以弄得開，我也立即取了一根細鐵絲在手，可是當我將細鐵絲向鎖孔中伸去的時候，手竟不由自主地發抖。

這實在是令我感到詫異，我不知道經過了多少大風大浪，絕沒有理由在如今這樣的情形下，感到害怕。我也知道自己其實不害怕，只是極度詫異。一種感覺告訴我：如果我打開了門，可能有難以形容的可怕的事發生。

我略停了一停，再深深吸了一口氣，對於剛才不由自主地發抖，感到好笑，我對自己說：「有什麼大不了，大不了是醫院中死去的人變成了鬼。」

心情略為輕鬆了些，動作自然也順利了許多。在我開鎖的過程中，那種爬搔聲，一直持續着，直到鎖孔中傳來了輕鬆的「啪」地一聲，那種聲音才停止。

我伸手握住了門柄，並不立即打開。

如果，剛才那種聲音，是有人在門後弄出來的，那麼，我一打開門，一推，門就會撞在那人的身上。那個發出爬搔聲的，不知道是什麼人？如果他被我一碰，就大叫起來，那麼，我一定會被人發現。

所以，我在推門進去之前，必須先做一點準備工作。

我的準備工作，說穿了極其簡單，就是改用左手去開門，而右手握成了拳。轉動門柄，慢慢推門，門才推開了幾寸，我就可以肯定，門後面，果然有一個人站着，這個人，一定站得離門極近，因為我已遇到了阻力，無法再繼續向前推。

既然肯定了門後有人，我不能再猶豫了，我吸了一口氣，用力一推門，門向內撞過去，顯然撞在一個人的身上，我推門的力道相當大，將那人撞得跌退了半步，我已閃身而入，房門內的光線十分黑，我也不及去分辨那人是什麼人，右拳已經揮出，重重地打在那人的下顎，那人立時向後仰跌了出去，跌倒在一堆雜物上。

直到這時，我仍然未曾看清那人是什麼人，不過我可以肯定的是，那人捱了我這一拳之後，至少在半小時之內，不會醒來。

我關上門，伸手在門旁，摸到了電燈開關，着亮了燈。

燈光並不明亮，雜物儲藏室根本就不需要太明亮的燈光。但也足以使我看清，那人捱了一拳之後，身子是半轉着仆向前，這時，正背向上，仆在一堆牀單上。

那人穿着一件看來十分滑稽的白布衣服，伏在那堆牀單上，一動也不動。

我走前幾步，俯下身，來到那人的身邊，將他的身子翻過來，面對着我。

當我翻過了那人的身子之後，我看清了那人的臉面，也就在那一剎那間，我如同遭到雷殛一樣地呆住了。

第六部

手術之後

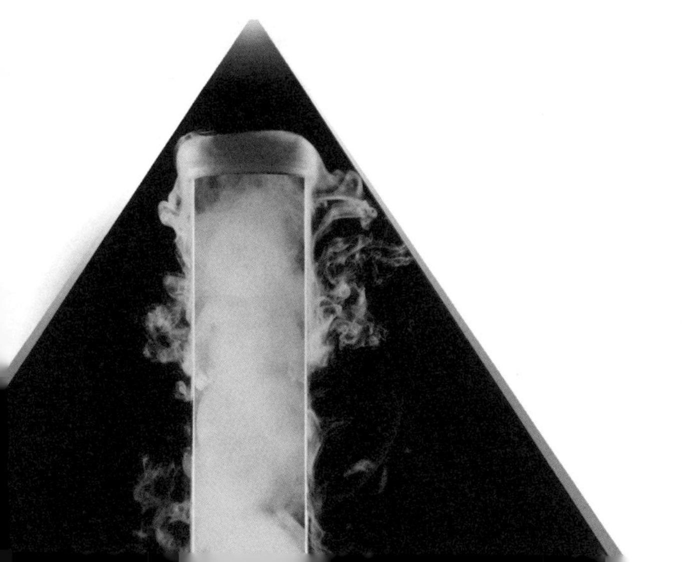

我看到的不是什麼怪物，如果我看到的是一個怪物的話，哪怕它的臉上，長着八個鼻子，十七雙眼睛，舌頭三尺長，嘴巴一尺寬，我也不會那麼震呆。

我看到的，只是一個普通人，樣子很威嚴，正因為我的一拳而昏了過去。令得我震呆的是，這個人是我的熟人，而無論我如何設想，也想不到這個人，會在這個地方捱了我一拳。

這個人是陶啟泉！

這個人，真的是陶啟泉！

我可以說，從來也未曾經歷過這樣的慌亂，一時之間，我張大了口，像是離了水的魚兒一樣，不知道該如何才好。

我在最初的那一剎那間，已無暇去想及陶啟泉何以會在這裏出現。我所想到的只是：陶啟泉病情極嚴重，他患的是一種嚴重的心臟病。

一個嚴重的心臟病患者，突然之間，捱了我重重的一拳，這一拳，力道只能令正常的人昏迷，但是卻可以令陶啟泉這樣的病人喪生！

我的思緒，混亂到了極點，我撲向前去，幾乎也跌倒在那堆牀單上，我立時伸手，去探他的鼻息，因為他的臉色，看來極其蒼白，我以為他已經死去了。一直到我的手指，感到了他鼻孔中有氣呼出來，我劇烈跳動的心才算漸漸回復了正常。

陶啟泉沒有死，他只是被我一拳打得昏了過去，我立時又推開他的眼皮，他的瞳孔，看來也正常，我拉開他的領口，伸手去探他的心口，心跳也沒有什麼異常。

直到這時，我才真正鬆了一口氣，心想，陶啟泉看來情形極好——

我一想到這一點，又陡然怔了一怔，感到有什麼地方不對頭，可是一時之間，卻又想不出什麼不對頭的地方來。然而，這種迷惑，只是極短的時間，我立時想到是什麼地方不對頭了。

陶啟泉的情形很好，這就不對頭！

陶啟泉的情形不應該好，他是一個重病患者，生命沒有多少天了，而如今他看來，健康狀況，似乎比我還好得多，我和他分手沒有多少天，他不會一下子就變得這樣健康。

我在當時，也無暇深究，只是用手指在陶啟泉的太陽穴，和後腦的玉枕穴上，用力叩了幾下，那有助於使受了重擊而昏迷的人甦醒。

陶啟泉的眼皮，開始跳動，不多久，他就張開了眼來。當他張開眼之後，我看到他的臉上，現出了一片茫然的神色。

一看到他醒了過來，我幾乎要大叫起來，但就在這時，門外有一陣急驟的腳步聲傳來，我忙伸手按住了他的嘴，低聲道：「輕點，你在搞什麼鬼？為什麼會到這裏來的？躲在雜物室中幹什麼？剛才那一拳，你居然受得了，真對不起。」

我自顧自講着，一直等到門外那陣腳步聲遠去，我才放開了按住他口的手。

我以為，只要我一鬆手，他一定會像我一樣，發出一連串的問題來。

可是，出乎我的意料之外，當我的手已離開，他完全可以自由講話，他仍然只是怔怔地望着我，神色茫然。

我呆了一呆，仍然壓低着聲音：「怎麼？不認識我了？」

陶啟泉掙扎了一下，我伸出手去，想去扶他坐起來。可是我的手才碰到他的身子，他卻陡然震動了一下，身子向後一縮，縮開了一些。

在那一剎那間，我感到陶啟泉的神情、動作，和我在湖邊遇到的那個人，再像也沒有。

我曾在湖邊遇到的那個人，那個杜良醫生，曾說他什麼來？間歇性癡呆症患者？說是這種病症發作，人就像白癡。

我知道陶啟泉絕對沒有這樣的病症。陶啟泉所患的是嚴重的心臟病，不是什麼先天性癡呆症。

我又伸出手去，這一次，陶啟泉的反應，仍然和上次一樣，縮着身子，想避開我的手。他的這種動作，不是反抗性，看來是一種毫無反抗能力的躲避。

他身子一縮，我便將他的手臂抓住，拉着他向我靠來。這個動作，可能粗魯了一點，可是也絕不應該引起陶啟泉那麼大的驚恐，剎那之間，他反應之強烈，令得我不知所措。

首先，他現出了極度駭然的神色，接着，他張開了口，發出了可怕的呼叫聲。那種呼叫聲，其實只是「啊」的一下叫喚，但是聽得陶啟泉像是白癡一樣，發出那樣的叫聲，真是令人毛髮直豎，我忙鬆開了手，身子向後退去，連聲問道：「你怎麼啦？你怎麼啦？」

由於當時，我實在太震驚了，只顧面對面前的陶啟泉，身後有事發生，也全然無法防範，我身後的房門，是什麼時候打開來的，我都不知道，我仍然只顧盯着陶啟泉。

等到我突然感到身後好像有人時，已經慢了一步，我還未及轉過身來，背上，就感到一下尖銳的刺痛。那分明是一支針突然刺中了我，我陡地轉過身來，看到有兩個穿着白色制服的人，站在我的面前。

可是我沒有機會看清他們的臉面，當我轉過身，看到他們的時候，我的視線已經開始模糊。在那一剎那間，我想到了：有人在我的背後，向我注射了強烈的麻醉劑，我要昏過去了。

事實上，我甚至連這一個概念都沒有想完全，就已經人事不知了。

我連自己是怎樣倒下去的都不知道，當然更無法知道昏迷過去之後的事，也不知道昏迷了多久——事後才知道，當才醒過來時，並不知道。

我醒過來時，除了感到極度的口渴之外，倒並沒有什麼其他不適。我掙扎着動了一下，立時感到有一根管子，塞進了口中，一股清涼的，略帶甜味的汁液，流進了我的口中。連吞了三大口之後，我睜開眼來，看到自己躺在一間病房中，一個護士，正通過一根膠管，在餵我喝水。

牀前還有一個人站着，那是我曾經見過的杜良醫生，他一看到我睜開眼，就過來把我的脈搏，一面搖着頭：「你太過分了，太過分了！」

我想開口講話，但是語音十分乾澀，口中有着膠管，也不方便，我伸手撥開了膠管，第一句話就問：「陶啟泉呢？」

我問出了一句話後，已經坐了起來。由於我曾受到這樣不友善的待遇，我也不必客氣了，我一坐起來，伸手就向杜良推去，杜良被我推得跌出了一步，叫了起來：「你幹什麼？瘋了？」

我冷笑道：「一點也不瘋，你們有本事，可以再替我注射一針！」

杜良有點發怒：「你偷進醫院來，誰知道你是什麼人？我們是醫務人員，除了用這個方法對付歹徒之外，還有什麼辦法？」

我怒道：「我是歹徒？哼，我看你們沒有一個是好人，陶啟泉在哪裏？」

杜良喘着氣：「他才施了手術，情形很好，不過像你這種動作粗魯的人，不適宜見他。」

我一呆：「他才施了手術？我昏迷了多久？」

杜良沒有回答我這句話，只是道：「你偷進來的目的是什麼？」

我冷笑着，我的目的，是想發現這家醫院的古怪，而今，我更可以肯定陶啟泉居然會在這裏，真是怪不可言。

在說話間，又有兩個白衣人走了進來。

如果要動手，人再多點我也不怕，但是我卻念着陶啟泉，所以我忍住了怒意：「我是他的好朋友，我要見他。」

杜良有怒意：「胡說，據我所知，陶啟泉來到這裏，極端秘密，除了他自己之外，沒有人知道。」

我立時道：「至少還有一個帶他來的人。」

杜良搖頭道：「沒有人帶他來，他是自己來的。」

我惡狠狠地道：「少編故事了，讓我去見他。」

杜良的樣子十分氣憤，他走向牀頭，拿起一具電話來，撥了一個號碼：「我是杜良醫生，是，我想知道陶啟泉先生的情形，他是不是願意見一個叫衛斯理的人，對，就是偷進醫院來的那個，請盡快回答我。我在三〇三號房。」

杜良講完之後，就放下了電話，鼓着腮，望着我，一副有恃無恐的樣子。

我急速地轉着念，在那一刹那間，我所想到的，只是他們不知道又要施行什麼陰謀，我絕未想到，我能在和平的環境下和陶啟泉見面。

僵持了大約一分鐘左右，我準備用武力衝出去，電話鈴突然響了起來。電話鈴聲令得我的動作略停了一停，杜良已立時拿起了電話來，聽着，不斷應着。

他講了沒有多久，就放下了電話，然後，用一種十分異樣的眼光望着我，我則只是冷笑地望着他。

他道：「真怪，陶啟泉雖然手術後精神不是太好，但是他還是願意見你。他並且警告說，千萬別觸怒你，要是你發起怒來，會將整所醫院拆成平地。」

我怔了一怔，只是悶哼了一聲，杜良像是不十分相信，向我走過來：「真的？」

我有點啼笑皆非：「你不妨試試。」

杜良攤了攤手：「陶啟泉既然願意見你，那就請吧，我陪你去見他。」

我心中極其疑惑，心想杜良要將我帶離病房，一定另有奸謀。

但是我繼而一想，卻又覺得沒有這個道理。我不知道自己昏迷了多久，時間一定相當長。在我見到陶啟泉的時候，他絕不像是曾動過手術，如今，已經是手術後了。

陶啟泉要動的並不是小手術，而是換心的大手術，那需要將近十小時的時間，或者更多，如果杜良和醫院中人，要對我不利的話，在這段時間中，可以輕而易舉地下手，不必等到現在，再來弄什麼陰謀。

一想到這一點，我心中不禁十分不是味道，看起來，我的一切猜測，全都錯了？

杜良已向外走去，我跟在他的後面，經過了一條走廊，又搭乘了升降機，再走在一條走廊上。我注意到醫院的走廊上，有不少穿着白衣服的人，像是守衛。杜良壓低了聲音，對我道：「這間醫院，來就醫的人，全是大亨，包括國家元首、金融界鉅子等等顯赫人物，所以保安工作，比任何醫院尤甚。」

我只是悶哼着，等到在一間病房前停下來，門口兩個人向杜良打了一個招呼，又用一種異樣的眼光望着我，然後，在門上輕敲了幾下。

將門打開的，是一個身形極其窈窕，容顏也美麗得異乎尋常的妙齡護士。

相信只要不是病入膏肓，明知死神將臨的人，有這樣的護士作陪，都會覺得是賞心樂事。

那位美麗的護士向杜良醫生和我，展示了一個令人至少要有好幾天不會忘懷的笑容，門內是一間極其寬敞舒適的病房，正中的一張病牀之上，躺着臉色蒼白的陶啟泉。

我和杜良向前走進去，陶啟泉從牀上側過頭，向我望來。

我一看到陶啟泉，便不禁怔了一怔。

他的情形看來極好，雖然臉色蒼白，身上並沒有才動完大手術的人所必有的各種管子。我發怔的原因，是因為我曾見過他，在我昏迷之前，而當我醒來之後，他不但已經動完了手術，而且看樣子，已經在迅速復原之中。

那麼，我究竟昏迷了多久？

我的思緒十分紊亂，陶啟泉在看到了我之後，想彎起身來和我打招呼，但那位美麗的護士，立時伸出手來，輕輕地按住了他。

我來到了牀邊，陶啟泉搖着頭：「算你本事，我曾叫你別自作聰明！你為什麼還是來了？我很好，任何人都可以看得出我很好，你不必再多生事端了。」

我靜靜地等他講完，才道：「不是我自作聰明，是你。我根本不是為你而來，也根本不知道會在這家醫院之中見到你。」

陶啟泉發出了「啊」地一聲：「原來是這樣。」

我再走近些，仔細打量着他。絕無疑問，如今躺在牀上的這個人，正是我所熟悉的陶啟泉，亞洲有數的大富豪之一，一個患有嚴重心臟病的人。這個人，和我在儲物室中見到過的，顯然是同一個人。

我在一時之間，不知道講什麼才好，還是陶啟泉先開口：「我很快就會康復，謝謝大家對我的關心。」

我只好指了指他的心口：「你已經做了心臟移植手術？」

陶啟泉眨着眼：「我不知道醫生在我身上做了些什麼手腳，反正我只要能得回我的健康就成了，我又不是醫學專家，不需要知道太多專門知識。」我實在不明白究竟發生了什麼事。連巴納德醫生都認為不可能的事，這家醫院卻做得到？

我轉頭向杜良醫生望了一眼，他也看着我，我道：「手術是什麼人——哪一位醫生進行的？」

杜良的神情有點冷漠：「這個問題，非但和你一點關係都沒有，甚至連陶先生都不會問。誰進行手術都一樣，主要是手術的結果。」

我碰了一個釘子，可是卻並不肯就此甘休：「你們已經解決了器官移植的排斥問題？」

杜良醫生的神情更冷漠：「要對你這個一知半解的外行人解釋那樣複雜的問題，那簡直不可能，請原諒我不回答。」

我吸了一口氣：「不錯，我是不懂，但世上盡有懂的人，你們有了那麼偉大的發現，為什麼不公諸於世？那可以救很多人的性命。」

杜良醫生仰起頭來，沒有出聲，陶啟泉嘆了一聲：「衛斯理，你多管管你自己的事情好不好？還好我的熟人之中像你這樣的人並不多。」

我再點着頭：「我是為了你着想，怕你被人欺騙，你在這裏就醫，花了多少醫藥費？」

陶啟泉的神情，不耐煩到了極點，他提高了聲音：「錢對我，根本不是問題，我只要活下去，而如今，我可以活下去。」

我俯下身：「我不相信你可以像正常人一樣活下去，器官移植的排斥現象，是無可解決的。」

陶啟泉閉上了眼睛，神情極其悠然自得：「我不和你作無謂的爭論，但是希望能在半年之後，和你在網球場上一決雌雄。」

我看到他講得這樣肯定，只好苦笑，當時我想，不論怎樣，讓他花一點錢，而在臨死之前，得到信心，也未嘗不是好事。

整件事件，和我一點關係也沒有，我實在沒有必要再糾纏下去。我一面想着，一面已轉過身去，可是在那一剎那間，我卻想起了一件事來：「在雜物室你見到我，為什麼感到那樣害怕？」

我在問這句話的時候，已經半轉過身來，所以，此時我可以看到，杜良忽然眨了眨眼睛。杜良自是在向病牀上的陶啟泉在打眼色。為什麼對我這個問題，要由他來打眼色呢？

我心中疑雲陡生間，陶啟泉已經道：「當然害怕，我怕你成事不足，敗事有餘。」

我又生氣，又是疑惑，轉回身去，瞪了陶啟泉一眼，陶啟泉向我作了一個鬼臉，我只好哼了一聲，向病房門口走去，一面心中在罵自己多事，他是億萬富翁，要我替他擔心什麼！

那位美麗的護士，搶着來替我開門，又向我微笑，不過我卻沒有欣賞，我只覺得心中有無數疑問，但是疑問卻全然理不出一個頭緒來。任何事，看來每一件都可疑，但是又每一件都絕無可疑之處。

當我走出了病房之後，杜良醫生也跟了出來，我背對着他，問道：「請問，我究竟昏迷了多久？」

杜良醫生道：「十二天。」

我一聽之下，幾乎直跳了起來：「十二天！我為什麼會昏迷這麼久？」

杜良道：「這是陶啟泉的意思，他怕你會……會什麼？成事不足，敗事有餘。」

我吸了一口氣：「我不信。」

杜良道：「應該由他親口告訴你。」

我衝口而出：「由你向他打眼色，再由他來回答？」

杜良怔了一怔：「你究竟在懷疑什麼？」

我哼了一聲，由衷地道：「不知道，真的不知道，不知道我自己在懷疑什麼。十二天，我昏迷了十二天！」

杜良道：「是的，你體質極好，普通人醒來之後，至少有半天不能動彈。」

我心中陡地一動：「如果我的體質在平均水準以下，那麼，豈不是會對我的健康造成極大的傷害？你們是醫生，怎可以——」

杜良不等我講完，就揮着手：「我們本來竭力反對，但是陶啟泉堅持要這樣，他說，如果不令你昏迷，他的手術，一定會被你阻撓。」

他處處抬出陶啟泉來，而且，事實上，陶啟泉的確是站在他的一邊，令我無法可施。

我深深吸了一口氣，筆直向外走去，一直來到了醫院的大門口，出了鐵門，鐵門在我身後關上，我才轉身向後看了一下，看着那座醫院建築物，心中實在說不出來的懊喪。這座醫院，明明有着極度的古怪，但是我卻偏偏一點也查不出究竟。

我一面想，一面向前走着，思緒極紊亂，不知不覺間，又來到了那個湖邊。我在湖邊停了下來，用足尖踢着小石子。在我身後，傳來了一個女子的叫聲：「衛先生，你來了。」

我轉頭看去，看到了海文小姐，她正向着湖邊走過來，我苦笑了一下：「來了很久了。」

海文來到了我的面前，說道：「關於丘倫的事——」

我神情苦澀：「正如你所說，時間隔得太久了，什麼也查不到。」

海文也苦笑了一下：「他留下來的那幾張照片，一點作用也沒有？」

我道：「有一點用，那種車輛，那種穿白衣服的人，全是那家醫院中的人——」

我一面說，一面伸手向醫院的方向，指了一指。就在那一剎那間，我陡然「啊」地一聲。

海文用驚訝的眼光望着我，我想起了一件事，在丘倫所拍的照片上，有一個人，瘦削，有着尖下頦，那人正是自稱為巴納德醫生代表的那個，難怪我第一眼見到那位神秘的羅克先生時，覺得有點臉熟。

雖然我這時已經可以肯定，那個羅克是這間醫院中的人，但是那說明了什麼呢？還是什麼也不能說明。情形和沒有發現這一點時並沒有什麼不同，仍然是我明知這間醫院中有古怪，就是無法知道是什麼古怪。

海文看到我發怔：「怎麼啦？」

我在湖邊的草地上坐了下來：「這間醫院一定有古怪。」

我在說了這一句之後，不等海文發問，就揮着手道：「可是我不知道有什麼古怪，想來想去，一點頭緒都沒有。」

海文用一種十分同情的目光望着我，過了片刻，她才道：「或許，一份名單，會對你有幫助？」

我有點莫名其妙：「什麼名單？」

海文壓低了聲音：「是我調查得來的，一份歷年來在這間醫院中治癒的病人名單。」

我苦笑，那有什麼用處？每間醫院都有病人，也必然有人病癒出院。海文見我沒有什麼表示，頗有點訕訕的神情：「這份名單中，全是十分顯赫的人物，包括兩個總統、七位將軍、三個阿拉伯酋長，以及好幾個鉅富在內。」

我緊皺着眉，向醫院所在的方向看去。在湖邊這個位置，看不見醫院，可是我還是怔怔地向前望着。這樣一間醫院，名不見經傳，也沒有什麼出名的醫生，如何能吸引那麼多大人物來求醫？

旁人不說，陶啟泉來到這間醫院，就十分神秘，他被一個自稱羅克的人帶走，這個羅克是醫院中的人，難道這間醫院專門派人，向各地的重病患者上門「兜生意」？而他們又有什麼把握，可以徹底醫好像陶啟泉這樣全世界公認沒有法子治好的疾病？

我心中的疑問，已臻於極點，可是仍然不知道從哪裏去打開缺口，尋求答案！

當時，我一面想，一面順口問道：「這些病人，全治好了？」

海文道：「是的，我在聯合國的一個組織中工作——我曾經告訴過你，我就見過一個國家元首，在盛傳他得了不治之症之後的三個月，又生龍活虎地出席國際會議，他就是在這間醫院中醫好的。」

我深深地吸了一口氣：「這樣看來，這家醫院的秘密，就是在於他們已掌握了一種極其先進的醫療術，可以醫治一般公認為不治之症的疾病。」

海文的神情有點憤怒：「如果是這樣，他們為什麼不公布出來？」

我思緒還是十分紊亂：「一般來說，醫學上的發現，都立即公布於世，但如果這間醫院有了新的發現，不公布出來，而專替能付得起巨額酬金的大亨治病，那不算犯法。」

如果事情真像我的假設，當然不算是犯法，這間醫院，不過是藉此謀取巨利。當然，這種做法不道德。但是世上謀取巨利的手法，有多少是合乎道德標準的？

事情到了這地步，我實在沒有法子再調查下去了，我站了起來：「你的車在哪裏？是不是可以送我一程？我的車——」

我苦笑了一下，十二天前，我的車停在離醫院約一公里外，現在車子還在不在，我也不知道。海文看出我已經準備放棄了，她神情十分失望：「那麼，丘倫的死因，永遠沒有人能知道真相了？」

我心情十分沉重：「沒有法子，事情過去了那麼久，真的沒有法子了。」

海文沒有說什麼，只是向公路邊上指了一下，我看到一輛小車子停在路邊，就和她一起向前走去。她和我到了我十二天前停放車子之處，車子還在，我向她道別，上了車，發動了好一會，才將車子發動，駕着車，回到了勒曼鎮上那唯一的一家酒店之前。

我的車才一停下，酒店經理便奔出來，揮着手：「歡迎，歡迎。」

待我打開車門，他看到我，怔了一怔，然後滿面堆笑，道：「先生，可以有最好的房間給你，保證清靜無比，整間酒店，除了你之外，只有一位英國老先生。」

我順口道：「齊洛將軍的隨從呢？」

經理道：「將軍出院，回國了。」

我隨着他向酒店內走去，填寫了一個簡單的表格，等到他將鑰匙給我之際，我轉過身來，看到酒店的另一個住客，經理口中的那個「英國老先生」。

「英國老先生」真的是一位英國老先生，已經六十開外，臉色紅潤。可是，我卻從來也未曾將他和「老先生」三個字聯在一起過，皆因他就是精明能幹，充滿活力的沙靈。

沙靈也看到了我，我們兩人同時發出了一下歡呼聲，將酒店經理嚇了一大跳，我向沙靈衝過去，和他擁抱，他用力拍着我的臂：「你跑到這裏來幹什麼？」

我嘆了一聲：「說來話長，你又跑到這裏來幹什麼？」

沙靈略怔了一怔，沒有立即回答我，我看出他的神情，是不想對我說出他來這裏的原因，這令我十分生氣：「我不知道我們之間，原來還有秘密。」

沙靈的神情更是為難，他拉住我的手臂：「走，到你的房間去。」

我看出他有十分為難的事，也知道他如果有秘密的話，不會不和我共商。但是我還是裝出十分生氣的樣子來——那樣，可以令得他講話痛快些。

到了我的房間之中，沙靈望了我一會，才道：「這是極度的秘密，如果傳出去，可以造成極大的風波，甚至影響全世界。」

我嗤之以鼻：「別自以為偉大了。」

沙靈道：「一點也不誇張，你想想，如果阿潘特王子快死了的消息傳出去，會怎麼樣？」

一時之間，我不禁張大了口，合不攏來。阿潘特王子，沙靈是他的護衛人員，而王子幾乎掌握着阿拉伯石油的一半控制權，他的一個決定，可以令得世界經濟產生劇烈的波動，要是他快死了的消息傳出來，爭奪繼承位置的人，會開始行動，那會造成什麼樣的影響，實在是誰也說不上來。

我緩緩吸了一口氣：「的確沒有誇張，不過王子將死了，你在這裏——」

我下面的「幹什麼」三個字，還沒有問出口，已經陡然想到了答案：勒曼療養院。

阿潘特一定到那家醫院就醫來了。

剛才我還在緩緩地吸一口氣，但這時，我急促地吸了一口氣：「王子在這裏附近的一家醫院就醫？」

沙靈現出十分訝異的神情來，我忙向他作了一個手勢：「什麼時候到的？」

沙靈道：「三天之前。」

我道：「他患的是什麼病？」

沙靈的聲音壓得十分低：「胃癌。」

我幾乎直跳了起來：「至今為止，世界上還沒有什麼醫生可以醫治胃癌！」

沙靈抿着嘴，不出聲，我盯着他，沙靈過了片刻之後，才道：「從頭開始，我都知道經過情形，你是不是想聽一聽？」

我忙搖頭：「我對他如何得病這一點，並沒有興趣，只是想知道他何以會來到這家醫院。」

沙靈道：「事情很神秘，王子經過檢查，證明是胃癌之後，保持着極度的秘密，醫生會商的結果是，除非將他整個胃和一部分腸臟切除，才能維持生命，但是一個人如果沒有了整個胃和一部分腸臟——」

沙靈說到這裏，作了一個極其古怪的神情。又道：「王子倒十分勇敢，他不想這樣活下去，拒絕施行手術。由於他職務重要，他想在臨死前，作好好的安排，但是發現形勢十分險惡，最有可能取代他位置的一個王子，立場十分曖昧——」

我揮着手，打斷了他的話頭：「這些無關重要，說他如何會來到這裏。」

沙靈說道：「你就是這樣心急。我在醫院裏日夜陪他，幾天前，有一個西方人，自報姓名，叫作羅克——」一聽到「羅克」這個名字，我不由自主，發出了一下呻吟來，剎那之間，臉色也變得十分蒼白：「別說下去，經過我知道了。」

沙靈抗議着：「你不可能知道的。」

我苦笑了一下：「就是知道，羅克和王子經過了密談，王子就覺得他的病，全然可以醫治，不像是一般醫生所說的不治之症，所以他就到這裏來就醫！」

沙靈瞪大了眼睛望着我，我道：「我有一個朋友，如今正在那家醫院之中，他是亞洲數一數二的富豪，患的是整個心臟都壞了的重病，經過的情形，和王子遇到的事一模一樣。」

沙靈陡地緊張起來，用力一揮手：「那是一個什麼樣的騙局？我想破了腦袋也想不出。精明能幹的王子如何會信了那傢伙的話，覺得自己的病可以醫治，那是什麼樣的騙局！」

我緩緩搖着頭：「不是騙局，他們真有能力醫好病人。我那個朋友，已經施了手術，正在復原中，看來精神極好。」

沙靈瞪着眼：「心臟移植手術？」

我道：「他的病，除了移植心臟之外，沒有旁的辦法可以挽救他的生命。」

沙靈在房間中團團亂轉了片刻：「那難道是我想錯了？可是他們的條件——」

我忙道：「條件？什麼條件？是醫好阿潘特王子所需的酬勞？」

沙靈點頭：「是的，我是在王子自言自語時聽到的，講出來真駭人。」

我催道：「嚇不死我的，只管說好了。」

沙靈講出了幾句話。我當然沒有被沙靈的話嚇死，可是卻也震驚得好一會講不出話來。

好一會，我才道：「不是真的吧？」

沙靈道：「我聽得王子在自言自語，他在說那幾句話的時候，用的是他部落中的土語，而我會這種語言，他說：『要將每年在石油上的收入三分之一撥歸他們，並不容易做到，但是能使我活下去，還是十分值得。』」

我不由自主地眨着眼：「每年在石油上的收入三分之一，真是駭人之極，我怕阿潘特王子，沒有能力做到這一點！」

沙靈道：「可以的，如果他發動一場政變，使他自己變成一個獨裁者，那麼不論他怎樣做都可以。」

我又問道：「三分之一，估計是多少？」

沙靈豎起幾隻手指來：「每年，超過一百億美元！每年！」

我面上的肌肉牽動了一下，阿潘特王子的醫療費，是每年超過一百億美元，陶啟泉的又是多少？齊洛將軍的又是多少？這間醫院的收入，究竟是多少？

我和沙靈沉默了片刻，沙靈才打破了沉寂：「牽涉到那麼多金錢的事，如果說其中沒有犯罪的因素在，殺我頭都不信。」

我道：「可是事實上，他們是挽救人命，並不是在殺害人命。雖然丘倫的死，十分可疑。」

沙靈像是獵犬嗅到了獵物一樣，立時滿臉機警：「什麼丘倫的死？」

我略為定了定神，將丘倫的事、陶啟泉的事，以及我的經歷，詳細說給他聽。

沙靈叫了起來，說道：「你給他們弄昏過去了十二天，就這樣算了？」

我道：「那又怎麼樣？我看到陶啟泉真的在康復中，我不知道他們做了什麼，但是陶啟泉自願接受治療，而且真的醫好了。」

沙靈緊皺着眉，我又道：「而且，醫好了的人，還不止陶啟泉一個，齊洛出院了，曾經治療過而恢復健康的人很多，包括了——」

我把海文念給我聽的名單上的名字，一個一個念了出來。人並不多，而且全是極著名的大人物，要記住他們的名字，並不是什麼難事。

當我念到一半的時候，沙靈已經雙眼放光：「等一等，等一等。」

我停了下來，沙靈卻又不出聲。

看他的樣子，他像是正在想什麼，過了一會，他又道：「還有哪些人，再說下去。」

我又念了幾個人的名字，等到念完，沙靈的氣息十分急促，盯着我，沒頭沒腦地道：「這——是巧合嗎？」

我莫名其妙，問道：「什麼巧合？」

沙靈說道：「你剛才念的那些人，有許多，全在我的名單中。」

我仍然不明所以：「你的名單？」

沙靈用力揮着手：「我的名單，我調查的，曾經意外受傷的大人物的名單。」

我呆了一呆。是的，沙靈曾做過這樣的調查工作，起因是由於有人假冒了日本人去見阿潘特王子，而令得阿潘特王子受了一點傷——全然微不足道。雖然在當時引起了一陣緊張，但是事後，除了沙靈之外，再也沒有人將之放在心上。

而沙靈，不但將這件事放在心上，而且還盡他的所能，作了極其廣泛的調查。他曾將調查的結果告訴我，說是他查到了有很多超級大人物，都曾經發生過類似的情形。當時我的回答是：任何人一生之中都會有輕微受傷的經歷，不足為奇。而現在，沙靈將他調查所得的那份名單，和曾在勒曼療養院中就醫的人的名單，相提並論，這實在是一項相當令人震驚的事。

兩者之間，是不是有着某種聯繫？一時之間，我的思緒十分混亂，瞪着沙靈，沙靈顯然也陷入了沉思之中，他的雙手無意義地揮動着，在我望向他之際，他忽然有點神經質地叫了起來：「衛斯理！」

我忙道：「你想到了什麼？」

沙靈深深吸了一口氣：「如果我調查所得的名單中，所有受傷的人，他們的傷，全是故意造成的，我的意思是，是有人故意令那些超級大人物受傷的——」

我道：「那又怎樣？」

沙靈說道：「當時，我們曾考慮過對方的手段，是一種慢性毒藥——」

我插口道：「但不會有一種毒藥，藥性的發作是如此慢！」

沙靈用力拍了他自己的頭一下：「如果受傷的人，因為這個傷害，而在若干時日之後，就患了嚴重的疾病，有沒有可能？」

我吁了一口氣：「沙靈，我明白你的意思了。」

沙靈乾咳了兩下，由於我的語氣中，充滿了同情的意味，所以他可以知道，我只是在同情他胡思亂想的苦處，而不是同意他的意見。

他作了一個無可奈何的神情。我續道：「我明白你的意思，你是說，一個人在若干時日之前，受了一點輕傷，在日後，就會演變成嚴重的疾病。而這種疾病，又非到勒曼療養院來治療不可，醫院方面，就可以趁機索取巨額的治療費？」

沙靈不斷點着頭：「這樣的推測，十分合理！」

我道：「很合理，但是你要注意到，這些人的疾病，都絕不是多年前的一個輕傷所能造成的。輕傷能造成心臟病？能造成胃癌？」

沙靈苦笑道：「我……也不能肯定，但是有一項事實，不容忽視，就是所有患了絕症的人，都到那家療養院去，而且，在那家幾乎不為世人所知的醫院中，種種絕症，都可以得到治癒的效果。他們是什麼？是奇蹟的創造者？還是他們已突破了現代醫學的囚牢？」

我苦笑，這個問題，我不知道想過了多少次了，一點頭緒也沒有。

當然，我這時也無法回答沙靈的問題。

沙靈見我沒回答，恨恨地道：「我一定要查出究竟來。」

我嘆了一聲：「最大的可能，是他們在醫學上有了巨大的突破，一般來說，不能醫治的絕症，在他們看來，十分簡單——」

沙靈道：「那他們為什麼不公開？」

我道：「如果他們真是掌握了這種新的醫術，他們有權不公開。」

沙靈咕噥着罵了幾句，我沒有十分聽清楚他在罵些什麼，但也可以知道他罵的那幾句話，通常來說，一個英國紳士一生之中，很難有機會說第二次。

我拍了拍他的肩：「我看算了吧，你在這裏等阿潘特王子復原，我可要先回去了。」

沙靈雙手抱着頭，又喃喃地道：「這件事的真相不弄明白，我死不瞑目。」

我其實和他有同樣的想法，但是看他的神情這樣激動，我只好安慰他：「世界上有很多事，永遠沒有法子明白真相。」

沙靈顯然很不滿意我這樣的態度，揮手道：「去，去，你回家去吧。」

我沒有別的話好說，離開了房間，和航空公司聯絡，準備回家。

第七部

穿白布衣服的「死人」

第二天，沙靈一早就到勒曼療養院去了。我知道，他到醫院去，一則是去陪阿潘特王子，二則，是想在醫院中找到什麼線索——我也曾努力過，可是一無所獲，也不想再去了。

中午，我退了酒店的房間，酒店主人見我要離去，現出十分惋惜的神情。正當我跨出酒店，心中在想，不知在什麼時候才會再回到這個小鎮上來，酒店主人忽然追了出來，大聲叫道：「先生，有你的電話。」

我轉過身來，心想多半是沙靈自醫院中打來，看我走了沒有的。可是酒店主人卻向我神秘地眨眨眼睛：「一位女士打來的。」

一時之間，我想不起有什麼人會打電話給我，走回酒店，在櫃枱上接聽電話，對方的聲音十分急促：「衛先生，你趕快來。」

我「哦」地一聲：「海文小姐？你在哪裏？」

事實上，當我一聽得電話中傳來是海文的聲音之際，我只講了這樣的一句話，但海文在電話中，卻已經至少用急促的語調，重複了七八次「你快點來！」

我忙問道：「你在哪裏？」

海文喘着氣：「我在一家小咖啡店中打電話，我等你來，那家小咖啡店，就在湖邊——就是我和丘倫約會的那個小湖湖邊附近的公路上，你快點來，快點來！」

我依稀記得，在那條公路邊上，好像有一家十分簡陋的小咖啡店，簡陋得全然無法引人注意。我道：「我可以找得到，你是不是有什麼麻煩？」

海文道：「不，不，我……電話裏很難講得明白，你快點來！」

我答應了她，放下電話，向酒店主人道：「保留我的房間，我不走了。」

酒店主人大是高興，搓着手。因為海文在電話中的語音是如此急促，所以我立時急步走出酒店，上了車，直駛向湖邊。

在駛近了湖邊之際，轉上了公路，不一會，我就看到了那家小咖啡店。

那家小咖啡店其實很難辨認，不過我老遠就看到海文站在店前，一看到我的車子駛來，她就奔向前來。我在她身邊停下車，她打開車門，坐到了我的身邊，不住地在喘着氣。

她的面色十分蒼白，神情卻透着一種極度的興奮。從她那種神情看來，可以肯定她並不是遭到了什麼不幸的事。我不等她坐定，就道：「什麼事？」

海文仍然喘着氣：「我也說不上來，整件事，似乎……似乎……你快駛到湖邊去！」

我一面駕着車，一面道：「慢慢說。」

足足在一分鐘之後，海文才算是略為定下神來，說出了她的經歷，和她要見我的原因。

海文又到湖邊去，連她自己也說不出為了什麼，或許她還在懷念她和丘倫相識的一段經過，或許她喜歡湖邊的風景。

不論是為了什麼原因，她又到了湖邊。而且，就在她和丘倫曾經坐過的那個地方，獨自坐着。當她坐了一會，感到無聊之後，她站了起來，慢慢向前走着，走近了一個灌木叢。

那灌木叢十分濃密。在矮樹密生的樹叢中，海文看到有一個人，雙手抱着頭，蹲着。據海文的説法是，那個人蹲着，就像是一隻兔子。

（海文在灌木叢中見到了一個人，我也曾在那灌木叢中見過一個人，那個人，據杜良醫生的説法，患有間歇性癡呆症，那個人曾經在我的手上，狠狠咬了一口。）

（我聽海文説她在灌木叢中見到一個人，就有點緊張。）

海文看到那人蹲着，一動不動，也就停了腳步，她那時候，並不感到害怕，只感到奇怪，不知道那人蹲在那裏，是在幹什麼。

那人雙手抱頭，海文無法看清他的臉面。她只是想等那人抬起頭來，她就可以和那人交談。

可是足足過了好幾分鐘，那人仍是一動不動，海文於是發出了一些聲音。

由於接下來的事情，實在太令她感到驚駭，所以她已經記不清她是頓了頓足，還是咳嗽了一下。總之，她發出了一點聲音。

而當她發出了聲音之後，那人抬起了頭來。

那人一抬起頭來，海文整個人都呆住了。她的視線，停留在那人的臉上，張大了口，可是就是發不出任何聲音來，只感到極度的驚駭。

而那人，也只是怔怔地看着海文。

（我極焦急地問：海文，那人是誰？）

（海文回答：天，天，那人是丘倫！）

（那人是丘倫，我也呆住了，那人是丘倫，丘倫不是早已死了麼？）

那人是丘倫！

海文乍一看到那人是丘倫，所引起的震驚，無可比擬，她呆了好一會，才陡地叫了起來：「丘倫！」

丘倫仍然蹲着，仍然雙手抱着頭，只是以一種極度茫然，接近癡呆的神情，望着海文。

海文的呼吸，開始急促，她叫道：「丘倫，你怎麼了？你不認識我了？」

丘倫一點反應也沒有，海文說她那時，有一個感覺，感到她不是對着一個活生生的人，而是面對着一尊極其逼真的人像在講話。

但是，在她面前，不但是一個活人，而且，還正是她所熟悉的丘倫。

海文在這一生中，從來也沒有這樣的經歷，她正不知如何才好，就聽到一陣聲音，自遠而近，傳了過來。

這種聲音，海文並不陌生，那是一種輕便車在行駛之際所發出的聲響。

在那剎那間，海文才注意到，丘倫的身上，穿着一件式樣十分可笑的白布衣服。也就在那一剎那間，她想起了多年前發生在湖邊的事，丘倫以為看到了齊洛將軍，結果，來了一輛輕便車，車上跳下來兩個人，將「齊洛將軍」抓走，丘倫追了上去，從此下落不明。

海文一聽到了輕便車駛過來的聲音，想起了這些事，她的第一個反應是：輕便車上，一定有人，可能是來抓丘倫的。

所以，她立即開始行動，她一步跨向前，伸手抓住了丘倫的手，拉着丘倫，向前就奔，很快越過了灌木叢，來到一個大草堆之旁。

到了大草堆旁，她將大草堆扒出一個洞來，她和丘倫一起藏了進去，又拉了些草，將兩個人的身子遮住，她起先還怕丘倫會出聲，給人發現，所以曾輕輕地按住了他的口。

可是丘倫一點聲音也未曾發出來，只是在喉間，間歇地傳出一些「唔呀」的聲音。

他們躲起來之後不久，就聽到輕便車的聲音，時停時發，正向近移來。同時，在車子停住的時候，她聽到了三個人的交談。

海文聽到的只是一些不完整的片段，有些話，全然無意義（至少在當時是如此）。但因為這些對話，對日後事情真相的揭露，有相當大的幫助，所以我詳細記述在後面。

海文聽到的，是三個人的談話。

（三個人！一個駕車，另外兩個，是方便將找到的人抓回去的？）

這三個人，海文當然不知道他們的名字和身分，她躲得很好，由乾草遮掩着，是以也無法看清他們的容貌。所以只好用A、B、C來代表他們。幸而這三個人的聲音，很不相同，所以容易分清是誰在講話。

海文聽到的三個人的對話如下：

A：（可能已講了許多話，海文聽到的只是下半句）……這真不是好現象。

B：真不明白是怎麼一回事，他們好像愈來愈聰明了。

C：不可能的，不可能。

A：當然不可能，或許只是一種本能。

B：這始終不是好現象，要是我們找不到——

A：不會的，以往兩次，都沒有出錯。

C：（悶哼）哼，還説沒有出錯，幾乎鬧出了大亂子，那記者——

A：（陡然地）咦，前面好像有人！

（雜沓的腳步聲，表示有人向前奔去。）

B：那不是人，他看錯了。

C：我真懷疑，他們的智力從何而來？

B：（大聲）他們沒有智力，沒有！

C：那怎麼會不斷逃出來？

B：只是一種本能。

（腳步聲又傳近，大約是A回來了。）

A：這次可能逃遠了，再駕車前去看看。

B：看守也太大意了。

（輕便車駛遠去的聲音）

海文聽到輕便車駛遠，立時又拉着丘倫，離開了草垛，往回奔去。

海文這樣做，相當聰明，因為輕便車才由那個方向駛來，她由那個方向走，就不會和輕便車遇上。

因為在對話中，她聽到了「逃出來」這樣的字眼，海文知道，丘倫是逃出來的，會被抓回去。所以她便拉着丘倫，逃避輕便車的追捕。

她和丘倫，大約奔出了半里，已離開了湖邊的範圍，到了一片林子中。在奔跑的過程中，丘倫一直未曾出聲。海文看到林子中，有一個被露營人士棄下的帳幕，倒坍了一半，她指着那帳幕，對丘倫道：「進去，躲進去。」可是丘倫只是站着不動，對海文的話，一點反應也沒有。海文只好再拉着他，到了帳幕前，按下丘倫的頭，令他鑽進帳幕去。

海文自己並沒有進去，她只是吩咐道：「躲着，一動也別動，不聽到我的聲音，怎樣也別出來。」

雖然她叮囑着，可是進了帳幕的丘倫，仍然一點反應都沒有。

海文迅速地轉着念，她首先想到了我。我為了調查丘倫的死而來，如今丘倫還活着，雖然海文覺得情形怪異至極，但一定要先讓我知道。

於是，她又奔出了林子，上了公路，總算那家小咖啡店裏有電話，所以她打了電話給我。而在和我通電話之後，根據海文的說法是：過了要命的十五分鐘之久，才看到你的車子駛來。

我感到極度的震驚：「那麼，從你將丘倫藏進那帳幕到現在，有多久了？」

海文道：「接近一小時。」

我一面飛快地駕着車，一面忍不住用力在方向盤上敲打了一下：「快一小時了，那三個人，駕着輕便車，還到處在找他，丘倫被他們發現的可能性太大了。」

海文的臉色本來已經夠蒼白，給我一說，更是半絲血色也沒有：「我……做錯了？」

我的思緒十分紊亂，我沒有責備海文的意思，因為猝然之間，遇上了這樣怪異莫名的事，海文的做法，已經很好了。

海文曾說：「我一看到那人抬起頭來，是丘倫，一時之間，我還以為自己看到了鬼魂。」

在這樣驚慌的情形之下，海文還將丘倫藏進一個半坍的帳幕之中，能責備她什麼？

我心中有千百個疑問要好好思索，可是這時，我卻一個問題也不想，只是盡可能快速駕着車，並且，心中千萬遍希望，丘倫聽海文的話，仍然躲在那個帳幕中。

車子將到湖邊，我駛離了公路，直趨海文所說的那個林子，一路上，車子顛動得如同怒海中的小舟，我也不去管它。

直到前面的去路，實在無法讓車子通過，我和海文才下車，向前奔去。我奔在前面，已經看到了海文所說的那帳幕，同時，也看到在帳幕只有二十公尺處，停着輕便車，兩個人正在下車，走向那座帳幕。

一看到這情形，我明知自己無法在他們之前趕到那帳幕之中，所以我一面奔，一面叫道：「嗨，也來露營？歡迎參加。」

我叫了一聲，就放慢了腳步，裝成若無其事，在我身後跟着奔過來的海文，十分機靈，也和我一樣，放慢了腳步，令得我們兩人，看來是準備在林中露營的一對男女一樣。

而那兩個向帳幕走去的人，以及還在輕便車上的那個人，經我一叫，一起回頭向我望來，我向他們揮着手，走近去，一面大聲埋怨：「什麼人將我們的帳幕弄塌了，真缺德！」在說話之間，我已經來到了帳幕之前，我不知道丘倫是不是還在裏面，我轉過身，背對着帳幕，攔在那兩個人和帳幕之間。

那兩個人望着我，現出十分疑惑的神情，我也故意打量着他們：「你們是不是來露營的？在找什麼？」

那兩個人中的一個道：「有沒有看到一個穿着白布衣服的人？」

我搖頭道：「沒有。你們是哪裏來的？是從醫院來的？」

那兩個人並沒有回答，這時候，看他們的樣子，像是要繞過我，進入那半坍的帳幕中去。但是海文卻先他們一步，進了帳幕，同時，她在帳幕之中，叫了起來：「糟糕，食物全被偷走了，真不能相信這裏的人，會做這樣的事情。」

海文一面説着，一面走了出來，一副悻然之色。

海文的那種悻然之色，當然是做給那三個人看的，因為她在一轉頭之際，向我使了一個眼色。

海文的眼色使我知道丘倫還在帳幕之中。只要丘倫還在，就算那三個人硬來，我也不會怕他們，是以我更加鎮定，向着海文道：「那要補充食物才行，我們的車子又壞了——」

講到這裏，我向那兩個人道：「能不能借你們的車子用一用？」

那兩人忙道：「不行，我們有急事。」

他們説着，已轉身走了開去，我和海文互望了一眼，看着他們上了車，駛走，我才説道：「他在裏面？」

海文道：「是的，像兔子一樣蹲着。」

我轉過身，撩起了帳幕的一角，看到了丘倫。他真的像兔子一樣蹲着。

我叫道：「丘倫。」

我一叫，丘倫就抬起頭來，他的神情極茫然。這種神情，我絕不陌生，曾咬了我一口的那個人，就是這樣的神情，那分明是一個白癡的神情，難道丘倫也患了「間歇性癡呆症」？

海文在我的身後：「他怎麼啦？」

我吸了一口氣：「我不知道，可是你看他的臉色，多麼蒼白，他像是被人不見天日地囚禁了好久。」

海文失聲道：「如果他一失蹤就被囚禁，那有好幾年了。」

我向丘倫伸出手去，他仍然蹲着，直到我的手，碰到了他的手，他才握住了我的手，那情形，就像丘倫是一個嬰兒，而且還是初出生的嬰兒。

初出生的嬰兒的反應，就是這樣子的，當你向他伸手的時候，他根本沒有反應，但是當他的手碰到一些東西的時候，他就會自然而然，用自己的手，把碰到的東西抓緊。

丘倫抓住了我的手，我用力一拉，丘倫被我拉得站了起來。他仍然抓着我的手，我手向下垂，他又要向下蹲去，看來，他對自己身子的動作，全然不能控制。

我輕輕分開了他的手指，讓他仍然蹲着，轉過身來：「我不知道發生了什麼事，但是他的情形十分怪。」

海文道：「要不要送他到醫院去？」

我幾乎直跳了起來：「他就是從醫院之中逃出來的。」

海文忙道：「我是說……別家醫院。」

我思緒紊亂，想了一想：「先別讓那三個人發現，我看等天黑了再帶他走。」

海文點頭，表示同意。

我防備那三個人去而復還，和海文做了一些準備工作，將半坍的營帳支了起來，又在營帳前的空地上，生着一堆篝火。

果然，一小時之後，那三個人和輕便車又來了，三個人的神情都十分焦急，一個人直趨前來：「你們肯定沒有見過一個穿白衣服的男人？」

我裝出不耐煩的樣子：「如果見過，我為什麼要騙你？」

那人道：「這個男子是一個神經病患者，發作起來，十分危險，要是你發現了他，請立即通知醫院，你會得到一筆獎金。」

我道：「既然是危險人物，怎麼會給他離開醫院的？」

那人生氣地道：「意外！任何完善的事，都會有意外發生的。」

他說着，悻然踢開一塊石頭，轉過身，又上車駛走了。看這三個人焦急的神情，可以肯定，丘倫逃出了醫院，對他們來說，一定極其嚴重，那我就要更加小心，不被他們發現，將丘倫送到安全的地方去。

在輕便車駛走之後，我們仍然不走，等候天黑。在等待之中，天黑得特別慢，好幾次，聽到了一些聲響，我們以為是輕便車又回來了，但是一直等到天黑，那三個人都沒有再出現。

天黑之後，我們將丘倫自營帳中扶了出來，丘倫完全像是木頭人，不論和他講什麼話，做什麼動作，他都木然毫無反應，但是如果拉着他向前奔，他卻可以奔跑得很快。我已經對他，進行了好幾小時的觀察，可以肯定，他的身體十分健康，但是他的智力，卻好像完全消失了。

丘倫從那家醫院中逃出來，那已毫無疑問，醫院為什麼要禁錮丘倫？自然有古怪。我本來就一直肯定那醫院有古怪，只不過查不出因由，如今有丘倫在，我就可以正式對付那家醫院了。

所以，在帶着丘倫離開林子，走到車子旁去時，我極其小心，準備隨時發生意外。

那一段路，大約二十分鐘路程，在天黑之後，四周圍靜得出奇，我們順利地來到了車子旁邊。當我們準備上車時，海文問道：「將他載到哪裏去？我看他實在需要一個醫生。」

我道：「先帶他回酒店再說。」

海文對我的提議，好像並不十分熱衷，我又道：「我有一個朋友住在酒店，他對丘倫的遭遇，或許有他的看法。」

海文點着頭，我打開車門，先坐上駕駛位，轉身示意海文帶着丘倫，坐到後面去。就在我半轉過身的時候，就呆住了。

第八部

易容換姓，目的何在

在車子的後面，早有三個人坐着，其中一個，正是杜良醫生。

另一個，瘦而尖削的臉，十分陰沉有神的眼睛，我也不陌生，就是去求見陶啟泉，自稱是巴納德醫生的私人代表的羅克。

還有一個人，身形十分高大，這時已打開了車子後面的門，跨了出去，在他的手中，有着一柄槍，槍口正對準了海文。

杜良醫生嘆了一聲：「多管閒事，真是對健康不利。」

我吸了一口氣：「好，殺人怪醫的真相，快要大白了。」

杜良的樣子，看來像是覺得我的話，十分滑稽，他側過頭去，對羅克道：「你聽聽，他稱我們為什麼？殺人怪醫？這是什麼稱呼？」

羅克道：「他的意思是，我們殺人。」

杜良道：「我們殺過人麼？」

羅克對於杜良這個簡單的問題，卻並不加以回答。我不明白羅克何以不回答，直到後來，我才知道，這個問題，對羅克來講，實在無法回答。

在這時候，海文先是發出了一下驚呼聲，然後，被那持槍的漢子逼着，坐到了我的身邊，丘倫則被那漢子帶着，擠到了車後面。

我笑着對海文道：「不必驚慌，這種事，我經歷得多了，像如今這種場面，只不過是小兒科——這是我們的一句俗語，就是微不足道的意思。」

聽得我這樣說，杜良、羅克和那男子，都有狼狽和憤怒的神情，我轉過頭去，望着他們，道：「我相信你們對我，一定曾作了某種程度的調查，至少應該知道我是怎樣的一個人。」

杜良沒有什麼反應，羅克則悶哼了一聲。我又道：「別說一支手槍，告訴你，我曾坐在核子導彈的彈頭上，曾被比地球上所有武器加起來還厲害的武器指嚇過，快收起你們的手槍來！」

我最後一句話，簡直是命令式的，那握槍的漢子，不由自主，猶豫了一下，杜良忙道：「衛斯理，你過去的經歷，我們自然知道，你是一個好管閒事的人，太好管閒事了。」

我冷笑道：「一些罪犯在進行『閒事』，我非太好管閒事不可。」

杜良大有怒意：「你不能稱我們為罪犯。」

我譏笑道：「那麼，稱你們為什麼？救星？」

杜良和羅克都同時深深地吸了一口氣：「是的，你可以這樣說。」

在那一剎那間，我幾乎要忍不住「哈哈」大笑起來，我見過各種各樣的人，但是還未曾見過自稱為「救星」的。

但是，我並沒有笑出來，因為我看出，杜良的神情，十分認真。而且，我也知道杜良並不是什麼普通人，他是一個醫生。他也不是一個普通的醫生。

我相信杜良一定在醫學上已經有了重大的突破，可能是震爍古今的大突破。

所以，我只是呆了片刻：「既然是這樣，你們更可以將手槍放下來，將真相告訴我，你們真是救星，我也絕不會管閒事。」

看杜良的神情，他顯然被我的話，說得有點動心，他像是在想着什麼，然後，從沉思中醒過來：「這只是一個觀念問題——」

他才講了半句，羅克便疾聲道：「別對他說，他和其他的人一樣，無法接受這種觀念的！」

杜良深深吸了一口氣，沒有再說下去。我對羅克一直沒有好感，或許是基於他那過於陰森的臉容，但這時我卻不想和他爭辯，因為我急於得知事實的真相。而且我感到，我已經在真相的邊緣了。只要他們肯說出來，一切謎團，可以迎刃而解。

在這樣的情形下，我自然沒有必要，去和他們多作爭執。所以，我以十分誠懇的語氣道：「你錯了，再新的觀念，我也可以接受。」

杜良向羅克望去，羅克仍然固執地搖着頭，杜良嘆了一聲，說道：「衛先生，我們實在沒有做過什麼。」

我道：「沒有做過什麼！例如要一個阿拉伯產油國的利益的三分之一之類，那本來就不算什麼，你們醫治陶啟泉的代價，又是什麼？」

杜良漲紅了臉：「那些金錢在阿拉伯人的銀行戶口，在陶啟泉的銀行戶口裏，和在我們手中，意義大不相同。金錢在我們手裏，就可以成為人類進步的動力。」

我呆了一呆：「對不起，我不知道你們在搞世界革命！」

杜良的臉漲得更紅：「你扯到哪裏去了？我是說，巨額的金錢在我們手裏，就可以作為研究的基金，替人類的前途，帶來新的光明！」

我冷笑道：「偉大，偉大，真是救世主！這樣說來，你們——我不知道你們有多少人，你們應該全是偉大的先驅，偉大的科學家？真可惜，你，還有羅克先生，我好像從來也未曾聽說過你們的名字，也不知道你們在科學上究竟有什麼貢獻。」

我一口氣地說着，語氣也極盡譏嘲之能事，那令得羅克的臉色更陰沉，而杜良的臉也更紅。杜良顯然被我的話激怒了，他指着羅克。羅克像是知道他要幹什麼一樣，立時伸手擋開了他的手指，可是杜良還是說出了一個人的名字來：「這個人的名字，你聽說過麼？」

我一聽得杜良口中說出的那個人的名字，就呆了一呆，一時之間，不知道他忽然說起這個人的名字來，是什麼意思。

自杜良口中說出來的那個人的名字，我自然是聽說過的，那是一個極其偉大的科學家，這個人，曾在動物細胞分裂繁殖方面，有極高深的研究，他無性繁殖的理論，早在十多年前就自成體系，可是當時，他的理論提出來的時間太早了，科學界對他的理論無法理解，不能接受，有些保守的學者，還曾對他的理論，提出過攻擊，說是荒謬絕倫。

這個人，據我的記憶所及，大約在十年或是更久之前，在一次攀登阿爾卑斯山的行動中失了蹤。杜良突然提起這個人來，是什麼意思呢？

一時之間，我怔呆着：「你提到的這位先生，是一位了不起的人類先知。」

杜良道：「你要知道，他就在你的面前。」

我陡地呆了一呆，海文在上車之後，一直未曾開過口，這時，她才道：

「別聽他胡説八道。」

杜良道：「樣子不像了？他根本沒有攀登阿爾卑斯山，登山不是他的興趣，探索生命的奥秘才是。恰好那時有一次雪崩，他又在阿爾卑斯山腳下，所以我們就聲稱他在登山中失蹤了。」

羅克皺着眉：「這些事，提來幹什麼？」

杜良的神情更激動：「從事科學工作，一定要有犧牲，我們作了多大的犧牲，世人可知道？」

羅克道：「我們作任何犧牲，都是自願的，何必要世人知道？」

杜良道：「是，可以不必讓世人知道，但是絕不能讓他這種人，誣陷我們。」

他説着，直指着我：「你再看清楚，一個有身分、有名譽、有地位的人，可以經過整容，改換姓名，報稱失蹤，拋棄世俗中的一切，他為的是什麼，就是為了要探索新知。」

我吸了一口氣，再仔細看着羅克，眼前這個瘦削陰沉的人，和杜良口中提及的那個偉大的科學家——他的相片曾作過許多流行全世界的雜誌的封面——實在沒有絲毫相同之處。

當然，現代的外科手術，可以輕而易舉，徹底改造一個人的容貌，但是羅克為什麼要這樣做？他為什麼要作出這樣的犧牲？

注視羅克久了，我也不能不承認，雖然他的面目陰森可怖，但是他的一雙眼睛，卻充滿了極其深沉的智慧，這不是一雙普通人的眼睛。

我又吸了一口氣：「如果是那樣，那我收回剛才的話。杜良醫生，請問你原來的名字是什麼？」

杜良略頓了一頓，説出了一個名字來。

這個名字，令得海文發出了一下驚呼聲，也令得我的口張大了合不攏來。

過了好一會，我才道：「你……你不是在領取諾貝爾獎金的時候，在瑞典首都遭人綁架，下落不明麼？」

杜良道：「一個人如果徹底躲起來，總要找一個藉口的。」

海文的聲音有點尖利：「你那一對可愛的雙生女兒，當時不過八歲，你怎捨得忍心拋下她們？」

杜良喃喃地道：「她們如今已經二十歲了！小姐，為了從事一項偉大的工作，總要有犧牲的，我剛才已經講過，總要有犧牲的。」

由於我們之間的談話，愈來愈是熱烈，而且敵對的成分也愈來愈少，那持槍的漢子，也放下了手槍。我實在捺不住好奇：「那麼他——」

我指了指持槍的漢子，羅克道：「他是我的一個學生。我們醫院中，一個清潔工人，站出來，就可以令世界名醫慚愧死。」

我不禁由衷地道：「是，你們已經掌握了生命的奧秘，在你們的手上，好像沒有不治之症這回事？」

杜良搖着頭：「你錯了，我們不過有某種突破，這種突破，對於延長人的生命，有某種程度上的幫助。」

我揮着手：「你們為什麼不公開這種突破，而要躲起來，甚至不惜改換容貌，藏頭縮尾？」

杜良和羅克的臉上，都現出一種極度深切的悲哀，絕不是任何人所能假裝出來的。他們兩人不約而同地嘆了一聲，杜良道：「公開？現在人類的觀念，還未曾進步到這一程度。」

我大聲道：「如果對人類有利的事，在觀念上，一定可以接受的。」

羅克冷笑道：「哥白尼的學說，對人類的前途是不是有利？他被人燒死了。」

我立時道：「那是好幾百年前的事情了。」

羅克道：「幾百年，對人類來說，並沒有什麼不同，人類的觀念，一樣是那樣愚昧落後。」

海文也參加了辯論：「不見得，人類的觀念在飛速地進步，你能舉一個愚昧落後的例子麼？」

羅克哈哈大笑了起來，他的笑聲聽來有點放肆，但是，卻充滿了自信。

他道：「節制生育，是對全人類都有利的事情。可是直到現在，還有多少人對人工流產，對避孕在呶呶不休。」

海文的臉紅了紅：「那主要是宗教的觀點。」

羅克道：「對，那麼多人，受囿於宗教觀念，人類的觀念，能說是進步嗎？」

我插言道：「這個問題遲早會解決的，而且，贊成節制人口的觀念，已經成為主流。你舉的這個例子，說服力不夠。」

羅克揮着手，他的神情也漸漸變得激動，他道：「那麼，優生學呢？優生學的觀念，有多少人可以接受！」

我呆了一呆，向海文望去，海文的神情，也有點疑惑。我們當然知道優生學的意思，但是所謂優生學，卻也包括了許多不同的見解，不同的內容，我不知道羅克是指哪一種而言。

我問道：「你說的優生學是——」

羅克大聲道：「地球上的人口太多了，低劣的人所佔的比例太大了，應該改變這種比例，使優秀的人得到更好的生存機會。」

我皺着眉：「那應該怎樣？展開大屠殺，將你所謂不優秀的人全都殺光？」

羅克嘿嘿冷笑道：「你說出這樣的話來，證明你對生態學的知識一無所知。人口不斷膨脹的結果，大屠殺會自然產生，各種各樣的天災人禍，會大規模地消滅人口，這是一種神奇的自然平衡力量。但是這種平衡的過程，是不公平的。」我和海文望着他，聽他繼續講下去。

羅克又道：「譬如說，大規模的戰爭是減少人口的一個過程，在戰爭中，人不論賢愚，都同時遭殃，一個炸彈下來，多少優秀的人和愚昧的人一起死亡，人類的進步，因之拖慢了不知道多少。」

我曾聽過不知多少新的理論，但是像羅克這樣的說法，倒是第一次聽到。這時我的心情，與其說是駭異，不如說是震驚來得貼切些。我失聲道：「那……你們在從事消滅所謂愚人的工作？」

我在這樣講的時候，連聲音都忍不住在發顫。因為羅克的話中，我可以聽得出，在他的心目中，地球上的人，至少有百分之八十是他所謂的「愚人」、「低等人」。

羅克苦笑了一下：「真應該這樣做。但是我們還始終是這個時代的人，我們的觀念再新，有時也很難突破總體的概念。例如殺人是殘酷的這個觀念，我們就很難轉變為殺人是慈悲的。」

海文喃喃地道：「殺人和慈悲連在一起，我還是第一次聽到。」

羅克道：「其實，很多人心中明白，用無痛苦的方法減少一大批活着不知幹什麼，生命過程和昆蟲、植物並無分別的人，對於其餘的人是極度有利的，但是既然人人認為每一個人，即使他的生命過程像昆蟲，他也有生存的權利，這種行動，自然不可能展開，雖然明眼人看出，這樣下去的結果，是全人類玉石俱焚，同歸於盡。」

海文伸手劃了一個「十」字：「謝天謝地。」

我雙眉緊鎖，羅克的這種觀念，我自然不能接受，但是我倒也並不否認這種說法有可供深思之處，那牽涉的範圍太廣，我不想和他再爭論下去。

我道：「那麼，你們在做什麼工作呢？」

羅克道：「我們致力於盡量挽救優秀者的生命。」

我悶哼了一聲：「你所謂『優秀者』，正確的稱呼，應該是成功者，像陶啟泉，像齊洛將軍，像辛晏士，像阿潘特王子——」

羅克道：「凡是成功的人，一定是優秀的人，凡是優秀的人，也必定成功，二而一，一而二，不必多咬文嚼字。」

對於羅克這樣的說法，我無法反駁。我看到丘倫坐在羅克和那漢子的中間，對於我們激烈的爭辯，像是一句也未曾聽進去，神情仍然是那樣惘然，看來和白癡無異。

我向丘倫指了一指：「在我看來，丘倫是一個十分優秀的人，在你們的心目中，他或許是一個低等人，所以你們才將他囚禁了六年，使他變成癡呆？」

杜良和羅克兩人，本來一開口就滔滔不絕，似乎絕沒有什麼難題可以難得倒他們。可是我一提起丘倫，兩個人不約而同，一起抿緊了嘴，不再出聲。

我進逼道：「如果連他也只好算是低等人，那麼，消滅低等人之後，地球上還能剩下多少人？一萬？八千？」

杜良道：「我們並不認為他不優秀。」

我道：「那麼，為什麼他要受到這樣的待遇？」

杜良伸手在臉上撫摸了一下：「他的事，是一個意外，真的是一個意外。」

我再進逼：「什麼意外？我看不是意外，是你們的犯罪行為之一。」

羅克怒道：「你真是一頭驢子。」

我道：「罵人是驢子，並不解決問題，我只要將丘倫的事，公諸社會，你們任何工作都難以繼續下去了。」

杜良又驚又怒：「你不會這樣做。」

我十分肯定地道：「我會的。」

杜良說道：「那對你有什麼好處？」

我裝出一副狠勁來：「有時我做事，不一定要對自己有好處，損人不利己，也是好的。至少，我可以替我的朋友出氣。」

我裝出一副狠勁，因為我發現，杜良和羅克，雖然曾經用過不正當的手段對付我，例如曾使我麻醉昏迷了十二天，剛才又拿槍指着我，可是他們對於這種事，都顯然並不熟練。

也就是說，他們本質上是科學家，是知識分子，很容易對付，我這樣逼他們，就有可能令他們把事實的真相透露出來。果然，我的恐嚇生效了。羅克和杜良都十分憤怒，可是卻全然無法對付我。過了一會，杜良才道：「丘倫已經死了。」

我和海文陡地一震，丘倫已經死了，這是什麼話？丘倫明明坐在車子裏。雖然他的神態有異，但絕不是一個死人！

在我還來不及對杜良的話作出反應之際，杜良又道：「他在一次意外中喪生的。」

我指着丘倫，張大了口，仍然說不出話來。

事實上，在那樣的情形下，我不必說什麼，用意也十分明顯：丘倫明明在這裏，你怎麼說他在意外中喪生？這不是胡說八道嗎？

杜良和羅克互望了一眼，杜良向羅克投以一個徵詢的眼色，羅克緩緩地點了點頭。杜良道：「這裏不是詳談的好地方，我們到醫院去再說。」

我本來想拒絕他的建議，但是轉念一想，就算到醫院去，他們也玩不出什麼花樣來，所以我道：「好，希望到了醫院，能有進一步的具體說明。」

羅克和杜良兩人不再說什麼，我駕着車，向醫院的方向疾駛而去，到了醫院的門口，我想減慢速度，可是圍牆的大鐵門卻自動打了開來。

我看到了這種情形，悶哼了一聲，杜良道：「我們有足夠的金錢，所以這裏的一切設備，遠超乎你能想像的範圍。」

我一面將車直駛進去，一面道：「那你對我的想像力未免估計過低了。」

杜良想要回答我的話，但是羅克卻碰了他一下：「等一會我們有太多的話要說，現在何必為這種小事爭論？讓他自己看好了。」

杜良不再說什麼，車子已在醫院建築物前，停了下來，一個穿着白外衣的人，自醫院中走出來，打開了車門，那持槍的漢子，挾持着丘倫走下車去，丘倫一點也沒有反抗。

我叫了起來：「等一等，我們將要談論的事情，和他有關，我要他在場。」

羅克道：「他在場，一點意義也沒有。」

我道：「不行，我要他在。」

羅克怒道：「不能完全聽你的，因為你什麼也不懂。你真要堅持，那就算了。」

我斜着眼：「你不怕我去揭發？」

羅克冷冷地道：「我們可以搬一個地方，我看阿潘特王子的領地，就會十分歡迎我們。」

他的態度強硬了起來，我反倒沒有辦法，只好悶哼了一聲，一副悻然之色，出了車子，看着他們將丘倫帶走。

海文也出了車子，另外又有一個人自醫院中出來，杜良道：「海文小姐，你也沒有必要參與這件事，真的，等衛先生知道了究竟之後，如果他判斷，可以讓你知道，那一定會告訴你。」

海文連忙抗議道：「不行，丘倫是我的朋友，何況又是我發現他的。」

杜良的神情十分真摯：「小姐，我不會傷害你，有些事實，會令你日後的生活，變得十分不愉快，所以才勸你離去——」他指了指出來的那個人，「他會送你回去。」

海文把不定主意，向我望了過來。我心想，如果有什麼變故的話，海文不在身邊，我可以不必照顧她，也方便得多。何況在事後，是不是將一切事實告訴她的取決權在我，如今讓海文離去也好。

我打定了主意，向海文道：「你放心，事後，我會將一切經過告訴你。」

海文接受了我的提議，她略為猶豫了一下：「丘倫好像有病，請他們盡力。」

我道：「你放心，我就是為了他而來的。」

海文低嘆了一聲，和自醫院中出來的那人，走了開去，到了一輛車旁，一起上了車。

我看着她離去，才轉身和杜良、羅克一起走進了醫院，醫院的一切，看來仍然沒有什麼異様，我的意思是，醫院看來仍然是醫院。一直到走進了會客室，我上次和杜良見面的所在，仍然沒有什麼異様。

可是，當杜良一伸手，按下了一個看來像是燈掣一樣的掣鈕，有一道暗門打開，我們三個人一起進入那個暗門，我卻不免暗暗心驚。

暗門之內是一個小小的空間，明顯地是一座升降機，升降機正在向下落去，我估計，大約下降了三十公尺左右。從升降機下降的高度來看，整座醫院的地下，另有天地。

等到升降機的門打開，已經可以看到一間佈置得極其華麗舒適的房間，那是一間類似客廳的大房間，有三組極舒服的沙發，迎面的一幅牆上，懸着一幅大幅的馬蒂斯作品，逼人的金黃色調，看得令人窒息。

杜良說過，他們有足夠的金錢，這一點，單從這房間來看，已是毫無疑問。

在房間中，已經有五個人在，我們一出升降機，那五個人都客氣地站起身來，和我打招呼。杜良向我一一介紹了他們。

杜良講出來的名字，對我來說，全無意義。但是我可以知道，五個人在這裏，等着和我見面，他們原來的名字，講出來一定又會令得我張大口說不出話來，不過杜良既然沒有介紹他們原來的名字，我自然也不好意思問。

我還沒有坐下，一個半禿的中年人，就打開了一瓶酒，酒香四溢，他替每人倒了酒，我接過了酒杯，晃着，杜良道：「衛斯理先生是一個很特殊的人物，他的行動，對我們的事業，構成了一種威脅——」

我笑道：「這樣的介紹，未免太不友好。」

杜良道：「對不起，這是事實，科學的精神，就在於接受事實。」

我聳了聳肩，不再説什麼。杜良又道：「當然，他不能中斷我們的工作。他威脅着要揭發我們，我們也可以再『失蹤』一次。問題是，這個人有過很多怪異的經歷，我們的工作，也有必要讓世人知道——至少讓一個像他那樣的人知道，所以，才請了他來。他可能還在自鳴得意，以為是他的威脅奏了功。」

杜良的話，愈説愈令我狼狽，我不得不提高聲音：「好了，説丘倫意外喪生的事。」

我之所以提出丘倫「意外喪生」的事來，是因為這件事，我料定他一定無法自圓其説，也好別讓他這樣得意。

杜良喝了一口酒，嘆了一聲，道：「丘倫先生在醫院附近，看到了一些……現象，如果他當作沒有這件事，也就好了，可是他偏偏來追查。」

丘倫第一次到醫院來，情形和我第一次來差不多，杜良醫生接見他，丘倫仔細觀察着，看不出什麼來，不得要領而去。

丘倫當然不肯就此算數，他第二次再來，情形也和我一樣，爬牆而入。

可是，他只是一個記者，雖然身手還算是矯捷，但是不像我那樣，過慣冒險生活，而且，醫院的圍牆也實在太高了些。

當他爬上牆頭，想向下跳的時候，一個不留神，他整個人自牆頭上跌了下來。這樣的高度跌下來，當然難免受傷，本來也不至於喪生，糟糕的是，他的頭部，恰好在下跌時，撞在一個水泥的凸起物上。

不幸之至，丘倫立時喪命。

杜良一本正經說了丘倫「意外死亡」的結果，我聽了之後，卻哈哈大笑：

「這是什麼樣的謊言？就算我未曾見過活生生的丘倫，也不會相信這樣的鬼話。」

杜良卻繼續道：「他的屍體，我們將之草草埋葬在林子中。」

我怔了一怔，那具骸骨，警方證明是丘倫的，那麼，丘倫早已死了？我站了起來，又坐下來。一個有着濃密鬍子的人道：「要和他從頭說起，不然，他不會明白的。」

一時之間，所有的人都靜了下來，互相望着，我本來還想譏笑他們幾句，可是卻忍了下來。因為氣氛並不適宜譏笑。這些人的態度，都十分認真，他們之間，顯然有着一個極其重大的秘密，而他們目前的情形，顯然是正在決定是不是要向我透露這個秘密。

這個秘密，對他們來說，一定極其重要，因為他們每一個人的神色，都是那麼嚴肅和鄭重，令得我也受了他們的影響，不能再胡說。

首先打破沉默的，仍然是那個大鬍子，他道：「咦，我們不是早已決定了向他透露一切？」

一個瘦小枯乾的老頭子，苦笑了一下：「決定是決定，等到要做的時候，又是另外一回事了。我們花了多大的代價，來從事我們的工作，花了多大的努力，來保守我們的秘密。」

另一個矮個子嘆了一聲：「哥登，那就由你來對他說好了。」

在那矮個子嘆着氣，說了那兩句話之後，全場響起了一陣無可奈何的低嘆聲，每個人的神情，都變得十分凝重和憂鬱。

大鬍子（他被人稱為哥登，那自然是他的名字）又嘆了一聲，仍然不出聲。

在這時候，我感到我應該表示一些態度了。我收起了敵對的神情和不屑的態度，倒並不是裝出來的，而是真正感到在這裏的所有人，每人一定都有他們說不出的苦衷，所以才聯合起來，同心協力，保守着這樣的一個秘密。

我站直了身子：「各位，我其實並不好管閒事，只不過對於自己不明白的事，喜歡尋根究底。在這所醫院中，我感到有犯罪的氣味在。我可以向各位保證，如果各位的秘密，與犯罪事業無關，那麼這個秘密，我只會說給一個人聽，她是我的妻子白素。而這個秘密，也絕不會自我們的口中，傳到第三人的耳中去。白素，我的妻子，我和她之間，實在沒有秘密可言，所以我才要告訴她。」

我的話，講得十分誠懇，講完之後，雖然我沒有聽到回答，但是在那些人的神情之上，我可以感到，我的話已經被接納。

沉靜依然維持了片刻，這期間，杜良、羅克和哥登等幾個人，又一次交換了一下眼色，杜良才沉聲道：「所謂犯罪，不犯罪，沒有標準。」

我陡地一怔，剛想反駁他的說法，杜良已立時接了下來：「那只不過是觀念問題。」

我「哼」地一聲：「別將問題扯得太遠，犯罪與否，只有普通的道德標準。」

羅克的聲音聽來相當尖——我知道他一定是這個集團中的重要人物，因為陶啟泉就是他出馬接到這裏來的——他的神情看來也有點激動：「當然是觀念問題。哥白尼被燒死，就是當時的觀念，認為他的說法，是異端邪說，不能讓它在世間流通。」

我多少有點冒火：「可是哥白尼，他是那樣的一個偉大人物，你們之中，誰能和他相比？你們發現了什麼？創造了什麼？是不是你們認為自己，走在時代的尖端？」

哥登朗聲道：「哥白尼的精神，是一切科學家都應遵循的典範，我們的成就，或許不如他偉大，但是我們憑一個嶄新的觀念在行事。」

哥登又朗聲道：「走在時代的前面，這一點，我們倒不必妄自菲薄。」哥登的口氣極大，我瞪着他，正想又要發作幾句，他已經深深地吸了一口氣：「好，我開始了，如果我有講得不對的地方，各位隨時指出來，這件事，是我們大家一齊告訴一個完全不屬於我們的外人，並不是我一個人説出來的。」

好幾個人，立時大聲表示同意，其餘的人，也各自點着頭。

哥登又吸了一口氣，才道：「從哪裏説起好呢？當然先從自己説起。衛先生，在這裏，你所能見到的人，全不是我們的本來面目——」

我插言道：「是的，你們全經過整容手術。」

哥登道：「徹底的整容手術，其目的是要在整容之後，連自己最親近的人，都認不得我們，我們甚至改窄了聲帶，以求發出來的聲音和以前全然不同，所以我們之間有些人，聲音聽來有點怪。」

是的，羅克的聲音就很尖，這些人，苦心孤詣，究竟是為了什麼？

哥登又道：「我們這些人，全是科學家，有的是醫生，有的是生物學家，有的是遺傳學家，有的是生物化學家，我們在未曾整容之前，在科學界，都是頂尖的風頭人物。」

我忍不住問：「那你們整容的目的是什麼？」

哥登居然打了一個哈哈：「當然是為了使人家認不出我們來。」

我又道：「那又有什麼目的？」

哥登沉寂了一下：「目的是我們在做的事，我們明知對人類有利，是一項驚天動地的大突破，可以改變整個人類的文明。但是，這件事，卻不能為人類現階段的觀念所接受。」

我搖着頭：「說出來，什麼事。」

哥登道：「當然會說出來的，但是要從頭說起，你才會明白。」

我擺了一個比較舒服的姿勢，準備聽他敘述。

哥登望了羅克和杜良一眼：「事情應該從那天，你們遲到的那天開始。」

杜良和羅克點了點頭，表示同意。

哥登又補充了一句：「羅克和杜良——那時候，他們當然不是叫這個名字，他們和我是大學的同事，後來我們都相繼離開了大學，在一個由基金會資助的研究所工作。」

由於我知道杜良和羅克的原來名字，所以我也知道那個研究所。不過，如今寫出這個研究所的名字，沒有什麼意義，因為他們的活動，只是從研究所開始。

可以肯定講一句：不是第一流的科學家，絕不能在那家研究所工作。

哥登說要從那天開始，就從那天開始吧。

第九部

實驗室製成品

研究所的走廊寬敞而明亮，來來去去的人很多，漂亮的金髮女郎，名銜是助理研究員的吉娜，在走廊中四下張望。

看到她，和她打招呼的人，都停下來問她：「吉娜，你在找什麼人？」

吉娜反問：「看到杜良博士沒有？或者羅克博士？哥登博士正在找他們，已經打了好幾個電話到我辦公室來了。」

被問的人都搖着頭，吉娜仍然焦急地向門口張望着，直到看到杜良和羅克一起從門口走進來，她忙向他們急步走了過去：「兩位總算來了，你們再不來，哥登博士會把我逼死。」

羅克和杜良互望了一眼，杜良笑了起來：「一定是他又自以為有了什麼新的發現。」

吉娜壓低了聲音：「可能他真的有了發現，今天他一早就到了實驗室，一進去，我就聽到他怪叫，接着他叫我打電話給你們，他在和我說話的時候，甚至一面說，一面在跳舞。」

杜良呵呵笑了起來：「跳舞，哥登跳舞？倒真要去看看才好。」

兩人一面說着，一面走向升降機，兩人的步伐又快又大，以致穿着窄裙的吉娜小姐要加快移動，才能追得上他們，而吉娜小姐的快步，引來了不少經過的男士的怪異目光。

進了升降機，到了三樓。

研究所的規模十分大，整棟六十三層高的大樓，全屬於這個研究所。研究所的課題，也包羅萬有，最近，甚至有人在研究浴缸的水塞拔起之後，水流出去時所造成的漩渦，何以在東半球和西半球會方向不同。

這些研究的題目，絕大多數，都是乍一看來，一點實用價值也沒有。但是許多許多發明，許多許多科學上的新成就，就是從一點一滴，看起來絲毫無關緊要的小研究的成功結果匯集起來的。

三樓，是羅克、杜良和哥登三人的禁地，事實上，每一層的研究室、實驗室，全是這些實驗室主人的私家地，任何人等，即使是這個主持研究所的基金會的主席，如果不得主人的允許，也不能隨便進入。每個研究員，都保持着自己的「領地」。

一出升降機，哥登便直着嗓子在叫：「你們終於來了！來，給你們看點東西，你們遲到了。」

羅克和杜良笑着，看到哥登站在他自己實驗室的門口，半推着門，那種迫不及待等他們兩個人，又怕其他人撞進去的樣子，都覺得好笑。吉娜這時，也跨出了升降機。

一看到吉娜也向實驗室走來，哥登又嚷叫了起來：「吉娜小姐，請你回自己的辦公室去。」

吉娜也習慣了，科學家總給人以一種神秘兮兮的感覺。所以她沒有説什麼，轉身向另一個方向走去，而羅克和杜良，走進了實驗室，哥登將門關上，指着一具電子顯微鏡，神情緊張而興奮，甚至張大了口，再也講不出話來。

一看到這樣情形，杜良和羅克兩人，也開始加快腳步，一起來到那具顯微鏡前，他們甚至互相推着，像小孩子去爭着看什麼新奇的東西一樣。

杜良的個子比較大，他一下子推開了瘦削的羅克，將眼湊了上去，他只看了幾秒鐘，就哈哈大笑了起來，轉過身去，羅克忙也湊過去看，一看之下，也忍不住哈哈大笑了起來，一面笑，一面還用手指着哥登，像是哥登做了一件再也愚蠢不過的事情。

哥登立時漲紅了臉，怒吼道：「看清楚！」

杜良止住了笑，搖着頭，道：「看清楚了，大學二年級生一看，就可以看清楚那是什麼。」

哥登又吼道：「好，那是什麼？」

羅克看出哥登的神情極其認真，他也變得嚴肅起來，不再笑：「那是脊椎動物在母體子宮內的最早形態，卵子受精之後，細胞已開始分裂、成形，我的答案對嗎？」

哥登走了過來，揮着手，看樣子，像是想打羅克，他的聲音仍然很大：

「好，那麼，告訴我，是什麼脊椎動物。」

羅克和杜良呆了一呆，杜良道：「你這不是故意為難人麼？誰都知道，最初，幾乎所有脊椎動物的形態全是一樣的，一頭駱駝和一隻青蛙，沒有分別。」

羅克道：「當然是青蛙。」他望着哥登：「自從你第一隻無性繁殖的青蛙，熱鬧過一陣子之後，到現在已經快有三年了吧。怎麼還樂此不疲？你早已養大了幾十隻無性繁殖的青蛙了！」

哥登漲紅了臉：「青蛙，你爸爸才是青蛙。」

羅克和杜良都皺了皺眉，哥登的脾氣雖然不好，但也決不會出口傷人，他們知道自己所講的話之中，一定有什麼地方令哥登感到真正傷心。

他們沉默了片刻，才道：「好，我們不知道那是什麼，請你告訴我們。」

哥登深深吸了一口氣，神情變得嚴肅之極，壓低了聲音：「那是我。」

杜良和羅克在問哥登的時候，已經迅速地想過了不少答案，但是就算他們想了一萬個答案，也決不會想到答案會是這樣的。

兩人呆了一呆：「什麼叫作『那是我』？」

哥登的樣子，十分惱怒，但是也有一種近乎惡作劇的奸猾：「那是我，就是說，那是我，你們看到的，是我！」

杜良首先震動了一下，向後退出了一步。羅克的臉色，跟着也變得煞白，兩個人同時張大了口，但是卻一點聲音也發不出來。

哥登臉上那種惡作劇的神情更甚，他湊近震驚得臉無人色的杜良和羅克，壓低了聲音：「明白了麼？我，就是我。」

杜良和羅克兩人像是見到惡魔一樣地向後退着，杜良叫了起來：「不能，你不能這樣做。」

羅克的聲音更在劇烈地發顫，他叫道：「天，你……知道自己在做什麼？」

哥登伸出雙手，按在他們兩人的肩上：「我自然知道在做什麼，事情再簡單沒有，就像我取了一個青蛙的細胞，用無性繁殖的方法，培育出一隻青蛙來一樣。我已經用這個方法，培育出許多隻青蛙！唉，你們的神情，為什麼這樣吃驚？」

杜良和羅克不但吃驚，而且還在冒冷汗，汗自他們的額角不斷地滲出來。

哥登呵呵笑了起來：「而且，我用無性繁殖方法，培育一隻成年青蛙的過程，愈來愈快，開始時，需要幾個月，到後來，只要幾天，就有一隻青蛙出來！」

杜良叫了起來：「青蛙是青蛙，你是你。」

哥登的神態，極其咄咄逼人：「我是什麼？」

杜良和羅克，叫了起來：「你是人！」

哥登陡地叫了起來：「人是什麼？」

杜良呆了一呆，他顯然有點氣餒，聲音也沒有那麼大，他道：「人，就是人。」

哥登卻還不肯放過他，用手指直指着他的鼻尖：「你是一個生物學家，告訴我，用你的知識告訴我，人是什麼？」

杜良深深地吸了一口氣，臉色更白，但是他卻有了足夠的鎮定，使他慢慢說出他要說的話，而不是叫出來：「人，是一種生物——」

他還想向下說去，但是哥登卻已揮着手，粗暴地打斷了他的話頭：「對了，人是生物，青蛙是生物，魚是生物，蘭花是生物，只要是生物，就可以用我們的知識，用無性繁殖的方法來培育。」

杜良發出了一下呻吟聲：「可是人始終是人，和青蛙不同。」

哥登說道：「當然不同，所以培育過程，也困難和複雜得多。」

杜良雙手連搖：「我不是這個意思，我是說，人和青蛙不同，人有思想，有靈魂的。」

羅克道：「拋開靈魂不談，人有思想。」

哥登肆無忌憚地笑着：「關於人的思想、靈魂，那是哲學家、宗教家的事，我們是生物學家，那和我們全然無關，在我們看來，人只是生物的一種，和其他的生物，只有生理結構上的不同。」

羅克也發出了一下呻吟聲：「你總不能用無性繁殖法培育出一個人來。」

哥登道：「我已經可以肯定，一定能夠，其成長過程，就像青蛙的成長過程一樣。」

當哥登講出了這句話之後，三人之間的激烈談話，到此暫時停止，哥登望着杜良和羅克，兩人也直勾勾地望着他。

或許由於剛才的談話，實在太驚心動魄，他們三人都不由自主喘着氣，過了好一會，杜良才道：「如果……培育成功了，那個……人，是怎樣的？」

哥登挺起了胸，用一種模特兒的姿勢，站在他們兩人的身前，杜良和羅克兩人都不約而同的指着他：「你的意思是，和……你一樣？」

哥登的神情，有一種成功後的極度滿足：「是，和我一樣。」

羅克又問了一句：「完全一樣？」

哥登道：「完全一樣，根據過去的成功例子，採用無性繁殖法培育出來的個體，和被採取細胞的母體，完全一樣。」

杜良像是支持不住，他後退了幾步，坐倒在一張沙發上，然後，他不由自主地喘着氣：「那麼，當這個……」他指着那具顯微鏡，「培育成功之後，我們會有兩個哥登？」

哥登皺着眉，對這個問題，他看來還有若干程度的困擾，所以並沒有立即回答。

杜良叫了起來：「回答我！」

哥登又停了片刻：「我剛才所説完全一樣的意思是，在外形和生理的組織上，完全一樣，但是在心理方面，我指的是知識和思想方面，我不知道會怎樣。各種生物的遺傳特質，各有不同，昆蟲可以完全一絲不變地承受上一代的生活方式，脊椎動物就未必如此。人在這方面的情形如何，由於我如今在做的事，是人類歷史上的第一次，所以結果怎樣，我不知道。」

杜良和羅克兩人互望了一眼，然後，他們兩人一起開口，叫着哥登的名字。在叫了一聲之後，兩人又一起停了下來。

哥登道：「怎麼？你們兩人不祝賀我？我有了人類有史以來，對生命探索的最大突破。」

杜良吞了一口口水：「恭喜你，哥登。」

羅克也咕噥着說了一句同樣的話。哥登興奮地道：「你們看，我該如何發表我的成就才好？」

杜良和羅克一起嘆了一聲，羅克道：「哥登，你有沒有想到一個問題？」

哥登睜大了眼，顯然不知道他這樣說是什麼意思。

羅克接着說：「你的成功，使一個嶄新的人，出現在這個世界上。」

哥登道：「那有什麼不對？」

羅克的呼吸有點急促：「這個人是什麼身分？他如何生活？他的社會關係怎樣？如今人類的社會觀念，對這件事的看法如何？這個人的出現，對宗教觀念的衝擊程度如何？這許多問題，你可想過沒有？」

哥登停了半晌：「老實說，我全想過了。」

杜良道：「那你的結論是——」

哥登道：「我的結論是，那些問題的存在，全不是我不對。」他的神情開始有點激動，聲音也提高了不少，「一個人生活在社會上，有種種的束縛，他人都注意這個人的來歷、背景，甚至於政府也要這個人的資料，用種種紀錄，將一個人的身分、地位固定起來，這是那種生活方式的不對，不是我的不對。」

杜良道：「可是，我們人人都在這種方式下生活！」

哥登用力揮着手：「那就需要突破，人類的生活方式，本來就在不斷突破。我的實驗成功之後，人類就要習慣於接受一個突如其來的人，將來，可以預料，所有新的生命，全會用這種形式出現，現有的繁殖方式，將會受到淘汰。」

杜良和羅克兩人，都默不作聲。

哥登吼叫了起來：「我不相信你們兩人，作為科學家，會不能接受這樣的新觀念。」

杜良又向羅克望了一眼，有點愁眉苦臉的樣子，說道：「正是因為我們可以接受，所以才擔心。」

哥登「哈」地一聲：「擔心什麼？」

杜良深深地吸了一口氣：「從此之後，我們就和現人類分割開來了，只有我們三個人，你想想，只有我們三個人，而一方面，是全人類。」

哥登握着拳：「不止的，一定不止我們三個人，一定不止。」

我坐着，沙發柔軟而舒適，可是我卻全身發僵。聽哥登在講述事情開始的情形，我對於整件事，已經有了初步的了解。

哥登，他在實驗室中，用無性繁殖法繁殖人。

我心中所受到的震撼之大，真是難以形容，一個人，莫名其妙地誕生。他毫無疑問是一個人，但是他自何而來？如何在這社會上生存？他的成長過程又怎樣？這一切問題，全沒有答案的。

我呆了好久，才道：「那麼，到現在為止，有多少人接受了這種新觀念？」

哥登吸了一口氣：「不多，除了在這裏的所有人之外，還有醫院的大部分工作人員。」

我揮着手，卻毫無目的，只不過想藉此使混亂的心緒，略為鎮定些。我道：「那個人……那個人……在杜良先生和羅克先生看到時，還只是在胚胎形成初期的人，後來……造出來了沒有？」

哥登道：「沒有，他在十天之後死亡了。」

我一聽，大大鬆了一口氣，可是，哥登立時又道：「我很快就找出了失敗的原因，是我太過於小心，不敢將成長的速度提高，事實上，在特種培育方法之下，成長的速度可以提高得十分快。」

我吞下了一口口水，道：「快到什麼程度？」

哥登道：「細胞分裂成長的速度，是在母體子宮內的三十倍。」

我整個人彈了起來，然後，又坐跌在沙發上：「這樣說，你培育一個……人的時間……是……」

哥登道：「在母體子宮內，從受精卵的細胞分裂開始，到一個嬰兒離開母體，是二百七十天到二百九十天，我在實驗室之中，只要九天到十天，就可以達到這個目的。」

我的呼吸急促，道：「十天，你就可以……有一個嬰兒？」

哥登道：「十天。」

我的聲音，聽來不像是自己的，我又問道：「那麼……以後呢？」

哥登道：「以後，每一年，成長的速度，就減低一半。你知道，任何數字，如果一直減少一半，永遠沒有盡頭，但是到後來，一和一點零零五之間的差別，便覺察不出來。」

我的思緒混亂之極：「我有點不明白。」

哥登道：「第一年，這個無性繁殖人可以成長為十五歲的孩子，第二年，他二十二歲半，已經完全是成人了，第三年，他二十六歲，第四年，他二十七歲，第五年，他不到二十八歲，再以後，就和常人差不多，可不容易覺察得出來了。」

我總算明白了，培育一個無性繁殖人，所需的時間，大約是五年到六年。

我呆了好久，才又問道：「那麼，在五年之後，這個人……我可以稱……這個人……為人？」

對於我這個問題，客廳裏竟然是一片沉默，沒有一個人回答。

本來，我就覺得如果稱這樣一個由實驗室培養出來的人為「人」，多少有點不很妥當，所以才發問。而當我問了這個問題，竟得不到答案之際，我開始感到問題的嚴重性。

我深深吸了一口氣：「這個……人有什麼不妥？」

又是一陣子沉默，羅克才道：「你得聽下去，聽以後的事態發展。」

我苦笑了一下：「好，我準備聽最不能接受的叙述，希望你們能説得愈詳細愈好。」

羅克道：「當然，我們已經下了決心，要將一切告訴你，剛才講到哪裏？」

我道：「哥登説能接受新觀念的一定不止三個人，會有很多——」

我講到這裏，略頓了一頓：「哥登剛才已經説過，那一次他失敗了，那可以不必再說了。」

羅克點着頭，點燃了一根煙，深深地吸了一口，將煙徐徐噴了出來。

胚胎在十天後就死亡，令得哥登十分沮喪。但是他卻一點也不氣餒，繼續在他的實驗室中，做他的實驗。照他自己的説法，那最易做，在他自己的身體上取細胞來培育，那是再容易不過的事情，任何一塊表皮，就有數不清的細胞。

實驗又實驗，哥登很少在其他場合露面，也只有杜良和羅克兩人，才知道他在做什麼。其間有一次，哥登提議他採取他們兩人的細胞來作實驗，連他們兩人也不知道為了什麼原因，他們拒絕了。

在實驗中，哥登用了他自己身上的各種細胞，一直到採取了血液細胞之後，才突破了在胚胎時期就死亡的這一關，而且，哥登也摸索到了培養速度快，效果更好的方法。

一個嬰兒誕生了！

那天，哥登、羅克和杜良三個人，聚集在哥登的實驗室中。哥登的雙手抱着那個嬰兒，杜良、羅克眼睛一眨都不眨地望着他。

嬰兒的眉目面貌，有着酷肖哥登的輪廓。三個人都不說話，過了好久，杜良才道：「天！他長大之後，會和你一模一樣。」

哥登道：「當然會，他根本就是我生命的延續。」

羅克的聲音很乾澀：「他的成長，會發生什麼問題？和常人一樣？」

哥登道：「不一樣，快得多，我還沒有找出規律來，他的細胞分裂速度，至少是常人的十五倍，他也需要十五倍的營養，不過，無論怎樣，我們會照顧他，使他長大！」

羅克和杜良都點着頭：「不論他如何成長，一個嬰兒，已經證明了你的成功，你準備如何發表？」

哥登將嬰兒輕輕放了下來，神情猶豫：「我不想發表。」

羅克叫道：「為什麼？」

哥登苦笑了一下：「就如你們所說，這是一個全然和如今人類觀念相反的新事實，就像是全人類認為地球是宇宙的中心，忽然有人提出了地球是繞着太陽在轉一樣。」

杜良說道：「你……怕被人燒死？」

哥登苦笑了一下：「燒死倒不至於，但是你想，以如今人類觀念為基礎的法律，對我會怎樣？」

羅克道：「你創造生命，並不是在毀滅生命，法律不會將你怎樣。」

哥登指着那嬰兒道：「這……是一個生命嗎？還是只是實驗室中的一個製成品？」

羅克和杜良都不出聲。

哥登又道：「我是不是有權用他來作進一步的實驗，是不是可以在必要的時候，令他死亡？他和我們一樣，有生存的權利，還是這個權利在我的手中？如果在繼續實驗的過程之中，他死亡了，我是不是犯了謀殺罪？朋友，你們對這些問題，能有肯定的回答嗎？」

羅克和杜良驚住了。

嬰兒看來健康、可愛，和產自母體的嬰兒，沒有任何不同。

也正由於如此，哥登的那些問題，才完全無法回答。

哥登嘆了一聲：「在歷史上，科學的發展，受制於各種各樣觀念規限的例子太多。我不想牽涉在這種無聊的漩渦之中，所以——」

他講到這裏，停了片刻，才道：「所以，我決定秘密進行，不公布我研究的成績。」

杜良和羅克兩人都不響，哥登問道：「你們認為我這樣做不對？」

杜良皺着眉，緩緩地道：「你對，但是，秘密能維持多久？」

哥登道：「能維持多久就維持多久，或許，根本不必維持。」

羅克一驚：「什麼意思？」

哥登指着那嬰兒：「如果過不了幾天，這個嬰兒死了，那就當這件事沒有發生過一樣，我可以繼續實驗，繼續摸索。」

第十部

謀殺，還是救人？

在實驗室中用無性繁殖法培育出來的嬰兒沒有死，而且以極快的速度發育成長。

當羅克、杜良兩個人，第二次再看到這個孩子時，孩子已經會走路，而且會發聲，看來健壯活潑，完全和正常的孩子一樣。

那一次聚會，由哥登召集，除了杜良和羅克以外，又多了四個人，那四個人，不必哥登介紹，他們也認得。四個人中的一個，也是研究所中的研究員，是一個極有資格的心理學家，另外三個，雖然以前沒有見過面，但全是極其出色的生物學家、遺傳學家和醫生。一共是七個人，望着那個孩子。離上一次的聚會不過三個月，孩子看來已有四五歲大。當七個大人以十分嚴肅的神情注視着那孩子之際，孩子睜大眼睛，眼珠轉動着，像是十分有趣地打量着七個大人。這七個大人，全是科學界的權威，在任何一個學術性的演講會上，他們都可以滔滔不絕地發言幾小時。可是這時候，他們卻一言不發。

空氣像是僵凝了，靜得出奇，只有那孩子不時發出一些伊伊啞啞的聲音。

過了好久，羅克才首先打破沉默：「這……樣大的孩子，應該……會説話了。」

一有人打破了沉默，氣氛像是活躍了一些，那位心理學家道：「我剛才已做過了一些測驗，我不認為這孩子的智力和他的年齡相稱。」

哥登補充道：「他的意思是，孩子的身體是四歲，但是智力還停留在三個月，迅速的成長，只是身體上的，不是思想上的。」

另一個科學家道：「這點很可以理解，思想的成熟、心理的成長、思想的形成，一切都和與外界接觸有關。這孩子實際在世上生存的時間只有三個月，他不可能有更高的智力。而且，這三個月，他一直在實驗室中，沒有和別人接觸過，他的智力，應該比普通三個月大的嬰兒，更要低。」

哥登指着那位遺傳學家：「思想不屬於遺傳因子的範圍？」

遺傳學家苦笑了一下：「在你和這個孩子之間，是不是適用遺傳律，還是一個疑問。這個孩子，不是你的兒子——我的意思是，不是根據正常的生育程序得到你的遺傳，他是你的一個細胞培育發展而成的。」

哥登抗議道：「任何人，都是由一個細胞培育發展而成的。」

遺傳學家搖着頭：「那情形不同，任何人，是兩個細胞，一顆精子和一顆卵子結合而成的，遺傳因素的結合，極其複雜，而這個人——」

哥登道：「這個人是由無性繁殖培育成功的，他的一切，應該和我一樣。」

所有的人都沒有講話，哥登的神情有點急躁，臉色也漲紅了，他道：「這孩子……和我完全一模一樣。不信，你們看看我四歲時的照片。」

哥登一面説着，一面取過了一隻文件夾來，打開。文件夾中，是一張放大了的四歲孩子的照片，哥登四歲時的照片。

所有的人，看了照片，再看眼前的那個孩子，都發出了一陣嘆息聲。也不知道他們是由於吃驚而嘆息，還是感到了神奇而嘆息。

一位醫生在嘆息聲中，大聲道：「哥登，事情到了這地步，應該公開發表了。」

哥登道：「我邀請各位前來，因為各位都是科學家。科學家應該有一種信念，凡是新的事物，我們要不斷摸索。各位，我可以肯定，我的成就，必定會受制於世俗的觀念，但是我也可以肯定，我的成就，將使整個人類的發展改觀。」

羅克喃喃地道：「這……毫無疑問。通過無性繁殖……人等於有了複製品，永遠……不會死了。」

哥登道：「不錯，讓人的生命，通過無性繁殖的方法，永遠生存下去，這正是我的目的。可是，人的生命，最重要的部分，不是身體，而是思想。」

哥登說到這裏，用力在自己的額角上指了指，重複道：「是在這裏！如果只是一具身體，那又有什麼意義？」

那位心理學家站起來又坐下，坐下又站起來：「可是你不能……沒有法子將自己的思想、知識，灌進另一個身體中去。」

哥登道：「所以，我要繼續研究。我想，我無法獨立完成這項研究，我需要各位的幫助，我們大家，為開創人類的新紀元而共同努力。」

哥登的話，其實並不具有什麼煽動性，但是卻深深打進了在場每一個人的心坎之中，在場的全是極其出色的科學家。不是科學家才有這樣的想法，而是有了這樣的想法，才能成為真正的科學家。

這種想法就是：不斷地創新，用自己的工作來改變人類的歷史，是無可避免的責任。

實驗室中又靜默了片刻，各人都表示了同意，哥登才又道：「各位不妨去聯絡志同道合的朋友，一定要嚴守秘密，我已準備辭去這裏的工作，因為在這裏，當這個人逐漸長大之際，秘密一定無法保持。我已準備搬到歐洲去。」

羅克忽然道：「搬到哪裏去？奧地利？」

杜良道：「為什麼是奧地利？」

羅克攤開手：「科學怪人不就是在那裏產生的麼？」他說了之後，打了一個哈哈，可是卻並沒有人跟着他發笑。

哥登瞪了羅克一眼：「一點也不幽默。」

羅克苦笑了一下：「對不起，我只不過忽然之間有這種感覺。」

哥登皺了一會眉：「要設立這樣的一個實驗室，需要很多錢，但由於這工作實在太偉大，我準備放棄一切，去完成這個目標。」

杜良立時附和，其餘人陸陸續續，也表示同意。

收購瑞士勒曼鎮附近的一家小規模療養院，就是在那次聚會之後一個月決定的。

勒曼療養院規模不大，誰也不會注意，遷移工作開始進行。

實驗室中培養出來的那個人，哥登一直努力，在使他追得上普通人的智力水平，可是，哥登失敗了，一直到三年之後，那人的身體，看起來已經完全是一個壯健的青年，但是，智力卻似乎還停留在正常人一歲都不到的階段，換言之，這個人是一個白癡，無可救藥的白癡。

哥登望着我，我已經被聽到的事，嚇到驚呆得講不出話來。我手中的酒杯，早已乾了又添，添了酒又喝乾了好幾次。

我的喉頭發乾，像是有火在燃燒。

一個由實驗室製造出來的人，只用一個細胞，通過無性繁殖法培養出來的人。

不論這個人是不是白癡，他總是一個人。

而且，我也漸漸明白了種種謎一樣事實的真相。丘倫在六年前看到的「齊洛將軍」，以及目前的丘倫，全是同類的「產品」。

但是其中的經過情形如何，我還是不很清楚，我只好怔怔地望着哥登。

哥登道：「如果不是我忽然心臟病發作，這種實驗，我幾乎已要放棄了，因為，培育一個白癡，毫無意義。」

我有點不明白：「你心臟病發作，怎麼會反而使實驗工作有了進展？」

各人互望着，都不出聲，過了好一會，哥登才道：「這是一個意外，真的，開始的時候，誰也沒有想到過，只是一個意外。」

我吸了一口氣：「意外？我還是不明白。」

羅克沉聲道：「情形是這樣——」

實驗在勒曼療養院中繼續進行，除了那個人繼續成長之外，一點也不理想，那人沒有智力，而且，也不能接受任何教育，是一個無藥可救的白癡。

哥登已經心力交瘁，過度的工作所引起的疲勞，還在其次，最致命的是極度的失望，他所培育出來的算是什麼？毫無疑問那是一個人。可是一個沒有思想的人，又算是什麼？那只是一具軀體。

哥登曾經設想，用無性繁殖法培育出來的人，不但在身軀的外形方面，甚至在思想和智力方面，都能夠和原體一樣，也只有那樣，才能使人類的歷史整個改觀。

哥登經常向他志同道合、從事共同研究工作的朋友，敘述着他的實驗成功之後的遠景。

以他自己為例，他已經有了豐富的知識，也有着大膽創新、超越時代的思想。可是，不論怎樣，肉體的衰老無可避免。

而如果他的實驗工作成功了，那麼，一個培育出來的人，一個嶄新的身體，承受了他的全部智慧，而且還可以繼續吸收更多的知識，產生更多的智慧，那將是一種什麼樣的進展。

但是哥登的實驗卻失敗了，他所培育出來的，只是一具軀體。

在搬到勒曼鎮的療養院之後，秘密進行的實驗工作，範圍已經相當大，用無性繁殖法培育的個體，也不止一個，但是在迅速的成長過程之中，所有培育出來的個體，全是沒有思想能力的白癡。

在一次研討之中，哥登心臟病猝然發作。

哥登在激動的講話之中，突然停止，雙眼發直，面上呈現着一種接近死灰的顏色，身子搖擺着，向後倒去。

當日在他身後的是羅克，羅克一把扶住了他，叫了起來：「天，哥登，你不能離開我們！」

哥登的口唇劇烈地顫動着，可是他卻已經講不出話來，這種情形，別說在場的不少著名的醫生，就算是普通人，也可以看出情形不妙。

一個醫生立時上前，替哥登把脈，一面做手勢，羅克和杜良兩人架着哥登，離開了會議室，進入病房。在病房中，對哥登進行了一連串的搶救，哥登的性命，暫時保住了。

在病房外的一間小房間中，一共是九個人，包括杜良和羅克在內，每個人，都因為面臨着一個極其嚴重的問題，而不由自主，呼吸有點急促。

杜良最先打破沉寂：「哥登的狀況極嚴重，他要離開我們了。」

所有的人都震動了一下，有的人，不由自主，伸手抹着自額頭上滲出的汗。

他們之所以來到這裏，有的人隱姓埋名，有的改頭換面，全是為了一個共同的理想，而這個理想，是由哥登提出來的。

哥登是他們這個組織的靈魂，一切全從哥登開始。如果整個工作已經有了成就，那麼哥登的離去還不成問題。可是如今工作只是開始，最重要的部分，還沒有解決。

在場的所有人，都很難想像如果哥登死了，他們的工作是不是還可以繼續下去。

杜良又道：「我們……如果不能挽回哥登的生命，世界上再也沒有任何人可以救他。」

杜良的話，並不誇張，因為在場的九個人之中，就有四個是最權威的醫學界人士。

一個醫生咕噥了一句，他發出的聲音，十分低落，而且含糊，但是由於每一個人心情沉重，房間中靜得出奇之故，還是有幾個人聽到了他在咕噥什麼。

羅克就在那醫生的身邊，他聽得最清楚，那醫生在說：「其實，我們可以使哥登繼續活下去。」

羅克陡地轉過身，由於緊張，他不由自主，伸手抓住那醫生的上衣：「你說什麼？我們可以使哥登繼續活下去？求求你，說出辦法來。」

那醫生的臉色本來就不怎麼好看，這時，更蒼白得可怕。他像是犯了罪似地叫了起來：「當我沒說過，當我沒說過這樣的話。」

聽到那醫生這樣說的，不止羅克一個人。而他被羅克一追問，反應是如此強烈和異特，也頗出乎所有人的意料之外，所以，當他叫嚷的時候，所有人的目光，都集中在他的身上。

那醫生雙手緊握着拳，幾乎像是在向各人哀求一樣：「算我沒說過，好不好？」

另一個醫生道：「可是事實上，你已經說了。你是不是真有方法可以挽救哥登的性命？這件事，對我們全體，太重要了。」

那醫生囁嚅着，身子發着抖，在各人的一再催促之下，才說道：「我的意思是，一次……簡單的心臟移植手術，就可以挽救哥登的生命。」

這句話一出口，有幾個人立時帶點憤怒地發出悶哼聲：「這誰不知道，問題是，上哪裏找一顆合適的心臟去？說了等於——」

那人的一句話，只說了一半。

他本來是想說那醫生「說了等於沒說」，可是下面「沒說」兩個字還未曾出口，他就陡地停了下來，不再說下去。

在那一剎那之間，他停止了說話，而他的臉上，現出了一種極其奇詭的神情。

在那人臉上所現出來的那種奇詭的神情，像是會傳染一樣，顯然是在場的每一個人，在極短的時間，大家都想到了相同的事，所以才會出現同樣的神情。

一時之間，誰也不說話，小房間十分靜，只有各人發出來的濃重的呼吸聲。沉默維持了起碼十分鐘，那真是長時間的、令人窒息的沉默，然後，杜良以極低的聲音，打破了沉寂：「可……可以嗎？」

他的聲音極低，一個簡單的問題，卻使他的聲音，不由自主發着抖。在場的每一個人，都知道是為什麼，有兩個，甚至立時發出了一下呻吟聲，可是卻完全沒有人回答。

杜良在發出了這個問題之後，望向每一個人，幾乎每一個人都迴避着他的目光，最後，杜良的目光，停留在羅克的身上。

羅克也半轉過頭去，杜良叫着他的名字，羅克又轉回頭來。

杜良說道：「我們是最初的三個人，你的意見怎樣，可以嗎？可以嗎？」

杜良連問兩聲，第二聲「可以嗎」的聲音，聽來尖銳而駭人。

羅克深深地吸了一口氣，反問道：「你呢？你認為是不是可以？」

杜良說道：「我……我……我……」他在接連講三個「我」字之際，神情極其猶豫，顯然他心中對於是不是可以，也極難下決定。但是在剎那之間，他像是下定了決心，挺直了身子，先是長長地吁了一口氣：「我看不出不可以的道理，所以，我說，可以的。」

羅克像是如釋重負一樣，道：「你說可以，那就可以好了。」

杜良的神情極其嚴肅：「不行，沒有附和，我們在場的每一個人，都要極其明確地表示自己的意見。」

羅克僵呆了一陣：「可以。」

杜良向羅克身邊的人望去，在羅克身邊的，就是那位第一個咕噥着，說可以挽救哥登生命的那個醫生，他道：「可以。」

杜良再望向一位遺傳學家，遺傳學家尖聲叫了起來：「不可以，那……那是謀殺！」

在遺傳學家身邊的兩個人，立時點頭：「對，那……簡直是謀殺。」另外的人，都表示「可以」。六個人說「可以」，三個人說「那簡直是謀殺」，當然他們的意見是「不可以」。

杜良嘆了一聲：「我們之間，首次出現了意見上的分歧。」

那三個表示「不可以」的人，以遺傳學家為首：「如果少數服從多數——」

杜良立時打斷了他的話頭：「不行，我剛才已經說過了，每一個人都要極其明確地表示自己的意見，不能用少數服從多數的辦法！如果用少數服從多數的辦法，我也說不可以好了，事情仍然可以進行，是五對四，可以的佔多數，而我的心中，可以自恕，因為那不是我的意見，不，我們不用這種滑頭、逃避的方法，我們要確實樹立一個新的觀念。」

遺傳學家道：「我們討論的，是要取走一個人的生命。」

杜良道：「不，我們要討論的，是要挽救一個人的生命，挽救一個偉大科學天才的生命。」

他們的敘述十分有條理，完全照着當時發生的情形講述出來。

當我開始聽到他們為了「可以」、「不可以」而發生意見分歧之際，一時之間，還想不明白他們是在說什麼可以，什麼不可以。

但是當我聽到了遺傳學家和杜良的對白之際，我陡然之間明白了。

剎那之間，我心頭所受的震動，難以言喻。

我立時向哥登望去，哥登的神色，十分安詳，絕不像是一個有嚴重心臟病的人。

由此可知，當時九個人的爭論，最後是達到了統一的意見，是「可以」，而且付諸實行，所以哥登才活到現在，看來極健康。

我想說什麼，但是說不出來，我想發問，一時之間也不知道如何發問才好，因為這其中，牽涉到道德、倫理、生命的價值、法律等等的問題實在太多，根本不知從何問起才好。

而更主要的是，我知道根本不必問，他們自然會將當時如何達成了統一意見的經過告訴我的。

我只是急速地呼吸着，我真的不但在生理上，而且在心理上，需要更多的氧氣。

在杜良的那句話之後，又沉默了片刻。羅克道：「我假定我們每個人，都已經切實了解到我們討論的是什麼問題了？」

遺傳學家苦笑一下：「還有問題。剛才，我說出了一半，杜良也說了一半。我們在討論的是，如何殺一個人，去救一個人！」

羅克道：「對，說得具體一些，我們的商討主題，是割取培育出來的那個人的心臟，將之移植到哥登的胸膛中去，進行這樣的一次手術，以挽救哥登的生命。」

那醫生說話有點氣咻咻，他道：「那個人的……一切和哥登一樣，心臟移植之後，根本不會發生異體排斥，手術一定可以成功，而且那個人的身體，健壯得像牛一樣。」

遺傳學家道：「可是那個人……他會怎樣？他的心臟被移走……會怎樣？」

杜良的聲音聽來有點冷酷：「我們都知道一個事實，沒有任何人心臟被取走之後，還能活下去。」

遺傳學家道：「那麼，我們就是殺了這個人。」

杜良大聲道：「可是這是挽救哥登的唯一途徑！」

杜良大聲叫嚷了之後，各人又靜了下來，過了好一會，羅克才以一種十分沉重的聲音道：「我看我們要從頭討論起，哥登培育出來的那個人，是不是一種生命？」

遺傳學家以一種相當憤怒的神情望向羅克：「你稱之為『那個人』，人，當然是有生命。」

羅克道：「我這樣稱呼，只不過是為了講話的方便，實際上，哥登對他有一個編號，是實驗第一號。好了，我們是不是都認為實驗第一號是一個生命？」

遺傳學家首先表示態度：「是。」

他不但立即表示態度，而且還重複地加重了語氣：「當然是！我們和他一起，生活了很久，誰都知道他不但是一個生命，而且，是一個人，和你、我一樣的一個人。」

杜良道：「實驗第一號完全沒有思想。」

遺傳學家道：「白癡也是人，有生存的權利，不能隨便被殺害。」

杜良顯然感到了極度的不耐煩，他漲紅了臉：「好，那麼讓哥登死去，留着這個白癡，這樣做，是不是使你的良心安寧一些？」

遺傳學家也漲紅了臉，不出聲。一個醫生道：「我們在從事的工作，極其需要哥登，而實驗第一號，可以用幾年時間培育出來，十個，八個，都可以，我想這事情，用不着爭論了。」

遺傳學家和另外剛才表示「不可以」的兩個，都低嘆了一聲。其中一個道：「看來，對於生命的觀點，要徹底改變了。」

遺傳學家道：「是的，我們要在最根本的觀念上，認為通過無性繁殖法培育出來的根本不是一種生命，可以隨意毀滅，才能進行這件事。」

杜良和羅克齊聲道：「對，這就是我們的觀念。」

接下來，又是一段時間的沉默，杜良又問道：「好了，贊成的請舉手。」六個人很快舉起了手，遺傳學家又遲疑了片刻，也舉起了手，其餘兩個人也跟着舉手。

杜良站了起來：「從現在這一刻起，我們為全人類樹立了一個嶄新的觀念。這個觀念，隨着時代的進展，一定會被全人類所接受，但是在現階段，這個觀念，卻和世俗的道德觀相牴觸，和現行的各國法律相牴觸，所以我們非但不能公開，還要嚴守秘密，如果做不到，可以退出，退出之後，也一定要嚴格保守這個秘密。」

大家都不出聲，過了片刻，杜良又道：「沒有人要退出？好，那我們就開始替哥登進行心臟移植手術。」

所有的人全站了起來，從那一刻起，幾乎沒有人講過什麼話，就算有人講話，也是絕對必要的話，都和手術進行有關。

由於有着各方面的頂尖人才，手術進行得十分順利，全世界進行心臟移植手術的人，再也沒有一個比哥登復原得更快。不到一個星期，哥登幾乎已經和常人一樣，可以行動了。

而他新移植進體內的心臟，是一顆強健的新心臟，年輕，至少還可以負擔身體工作五十年。

第十一部
留待歷史去評價！

哥登望着我，指了指他自己的心口：「因為那是我自己的心臟，根本不存在排斥問題。」

我的思緒極混亂，儘管我集中精神，聽他們叙述當時的情形，可是我耳際，仍然「嗡嗡」作響，當哥登向我望來之際，我道：「我……只想問一個問題。」

羅克做了一個手勢，示意我可以任意發問，我道：「那個人……那個……實驗第一號，他……」

一個醫生道：「他在麻醉之後，毫無痛苦地死亡。」

我語音乾澀：「我看，『死亡』這個詞，也有問題，你們既然不承認他是一個生命，又何來死亡？」

杜良皺了皺眉：「我早就説過，我們樹立的新觀念，很難為世人接受。」

我不由自主，閉上了眼睛，在我閉上眼睛之際，我彷彿看到了一個年輕、健康的人，被麻醉了，躺在手術牀上，然後，在他身邊的第一流外科醫生，熟練地操着刀，剖開了他的胸膛，自他的胸腔之中，將他的心臟，取了出來，移進了另一個人的胸腔之中。

這個躺在手術牀上的人，當然立即死亡，這個人，本來是不存在的，死了，也不會有人追究，可以說根本不算是什麼。

但是，世上哪一個人是本來存在的呢？這個人，不論他的編號是什麼，他實在是一個人，他被殺。可是，卻由於他的死，而使另一個人活了下來。活下去的人，可以很快地又培育出這樣的人來。

這究竟是道德的，或是不道德的？

我的思緒真正混亂到了極點。

猜想杜良、羅克等九個人在商議的時候，一定也有同樣的心情，我向他們望過去，像羅克，杜良他們，立即決定「可以」的那幾個人，他們的思想，是不是正確呢？

從現實的觀點來看，當然沒有什麼不對，「實驗第一號」死了，哥登活了下來。用同樣的方法，可以使每一個人的生命得到有限度的延續，可以使許多現代醫藥為之束手無策的疾病，變成簡單而容易治療。像陶啟泉的心臟病，阿潘特王子的胃癌等等，甚至，整個內臟，都可以通過外科手術，加以調換。

「實驗第一號」對哥登而言，只不過是一個後備。像是汽車有後備胎一樣，原來在使用中的車胎出了毛病，後備車胎就補上去。

如果「實驗第一號」根本不是一個人，只是一組器官，那就什麼問題也沒有，可是，「實驗第一號」卻又分明是一個活生生的人。

在我張口結舌，不知該如何表示意見才好之際，杜良道：「不容易下結論，是不是？我早已說過，這種新觀念，不容易為人接受。」

我悶哼了一聲：「尤其是這種所謂新觀念，被人用來當作斂財的工具之際，更不容易接受的。」

杜良也悶哼了一聲：「你不能因此苛責我們，不錯，我們因之得到了大量的金錢，現在，我們醫院積存的財富之多，甚於任何一個基金會，甚至超過了羅馬天主教廷，我們可以利用這些金錢，來展開我們的研究工作。」

我的思緒仍然十分混亂，無法整理出一個頭緒來，但是我還是有足夠的機智：「大量的金錢，是用許多生命換來的。」

杜良冷冷地笑着，道：「我想你這種說法是錯的。自從我們替哥登進行了心臟移植手術，而他又迅速復原之後，我們發覺，我們所進行的實驗，本來是想使人的生命，通過另一個新的自我的產生而延續，這個目的未能達到，但是也不能算是完全失敗，至少，我們可以使人的生命，有限度的延續，這實在是一大發現。這個發現，哥登在完全痊癒之後提出。」

杜良向哥登作了一個「請」的手勢，請哥登繼續講下去。

哥登道：「我的心臟病完全好了。現代醫藥中的一個盲點，被我們突破，有許多絕症，可以用這個方法來醫治，於是我們就開始訂出一項大規模的計劃。」

計劃十分龐大，先訓練了一批人，完全採用訓練特務的方法來訓練，訓練那幾個人成為機警、行動快疾的特種人員。

然後，再搜集世界各種超級大人物的起居、生活習慣。等到弄清楚了之後，就派出受過訓練的人員去。

受訓人員所要做的事，其實並不困難，只要使被選定的目標，受一點傷，流一點血就可以。這樣的一點輕傷，任何人一生之中，都難以避免，也不會在意。困難的只是超級大人物一般來説，都不容易接近，一旦接近，都能達到目的。

於是，各種各樣接近超級大人物的方式被採用，晉見阿潘特王子時，冒充日本購油的代表。在晉見日本商界大亨時，又冒充阿拉伯人。

得到了超級大亨的血液細胞之後，就以最快的方法，妥善保存，送到勒曼療養院來，在實驗室中，用無性繁殖法，培育成人。通常來説，只要五年時間，培育人就成長，成長為和超級大亨一模一樣的一個人，成為他們的後備。

這些後備人，被豢養在勒曼醫院的密室之中，受着最好的照顧，使他們身體健康，以備隨時需要，起他們的後備作用。

後備人沒有智力，有時，他們也會逃出來，當年丘倫在湖邊看到的齊洛將軍，其實，就是齊洛的一個後備。

超級大亨只知道自己離奇地受過一次輕傷，有的甚至根本以為那是一個小意外，他們絕不知道自己已經有了一個後備。一直到他們的健康發生了問題，患上了不可救治的重病，像陶啟泉那樣——

當哥登講到這裏的時候，我陡然揮了揮手：「等一等。」

哥登停了下來，望着我，我道：「我有兩個極其嚴重的問題要問。」

哥登的神情充滿了自信，一副任何問題他都可以回答的神氣。我吸了一口氣：「第一個問題是：超級大亨的病，是不是你們故意造成的？例如陶啟泉先生的心臟病？」

哥登淺笑了一下：「當然不是，如果那樣，那是一種罪行。」

我「哼」地一聲：「那你們怎麼知道他會得心臟病？又怎會知道阿潘特王子會有癌症？」

哥登道：「我們不知道。我們只是培育了他們的後備，等着，等到需要的時候，就用得着了。汽車的行李箱中有後備胎，沒有人知道它會替換四隻原來車胎中的哪一隻。但是四隻在使用中的車胎，一定會有一隻變壞。」

我皺皺眉：「這樣說來──」

哥登打斷了我的話頭：「足球隊都有後備隊員，也沒有人會知哪一個正式球員會出毛病。後備放在那裏，用得到，就用，用不到，也沒有損失，因為我們已累積了相當的經驗，要培育一個後備，並不是什麼難事。」

我明白了哥登的意思，心頭不禁升起了一股寒意：「這樣說來，你們培育的後備──」

哥登向在場的所有人望了一眼，像是在徵求各人的同意，然後，他才道：「我們已培育成的後備人，正確的數字是五百二十七個，過去幾年，每年平均可以用到二十六個，近兩年，有增加的趨勢。」

他望着發呆的我，又道：「你知道，超級大人物的日子其實並不好過，他們要付出比普通人更繁重的腦力和體力勞動，雖然他們有最好的醫生在照料他們的健康，但是有許多疾病，患病率十分高，尤其是以心臟病為然。而心臟病，是最容易醫好的一種。」

我伸手輕敲着自己的額角：「像陶啟泉先生——」

哥登道：「就以他為例，來看看我們行事的方式。陶先生是亞洲有數的富豪，他的健康一旦出了問題，瞞不住人，消息一傳出，我們就進行活動。」

他們的活動，十分有程序，也不性急。如果目標所患的疾病，在現代醫學能夠醫治的範圍之內，他們根本不會出面。

等到肯定了目標的疾患，現代醫學無能為力，他們就出面了。出面的方式有許多種，但是目的只有一個：和目標直接見面，交談。羅克和陶啟泉見面的方式，就是冒充了巴納德醫生的私人代表。

陶啟泉確知自己患了絕症，可是世界上沒有一個富豪，甘心接受這個事實。不論他們平時對金錢看得多麼重，到了死亡的關口時，他們也會願意拿出大量的金錢，甚至是他們財產的百分之九十九，來換取他們的生命。

而且，幾乎毫無例外，當他們一旦得知自己可以活下去，他們都會立刻簽署財產轉移的文件。

在這裏，我發了一個小問題：「簽署財產轉移的文件？他們怎麼肯？他們全是聰明人，要是簽了之後，醫不好病，那怎麼辦？」

羅克「呵呵」笑了起來：「感謝貴國人，為我們解決了這個難題。」我真的不明白羅克這樣說是什麼意思，只好瞪着眼睛望着他，羅克道：「在貴國通過考試而錄用官員的時代，有一種舞弊的方法，叫作『購買骨的關節』？」

我不禁有點啼笑皆非：「叫『賣關節』，就是要應試的人，將選定的幾個字，寫在試卷上。考官一看，就知道那是付錢的主兒，就會取錄他。」

羅克道：「是啊，這些應試的人，他們付錢的方式，是怎樣的？」

一聽得羅克這樣講，我不禁「啊」地一聲，叫了起來，心裏又是好氣，又是好笑。

應試而買關節的人，通常是寫一張借條，借條後的具名，寫明「新科舉人某某具借」。如果關節不靈，中不了舉，不是新科舉人，當然不必還錢，這種事，略具歷史學識的中國人都知道。

我自然也因此明白了那些大人物簽署的文件，文件上的日期，一定是他們自知到那時必定已經死亡的日子。像陶啟泉，明知只有一個月命，叫他簽一份一年之後的文件，他當然肯。如果醫得好，到時他心甘情願地履行文件中所承諾的一切，如果醫不好，這文件，一點用處也沒有。

我「唔」了一聲：「聰明辦法。」

羅克道：「是，完全自願，而且在大多數的情形下，我們全是科學家，並不善於經營，所以我們所要求的，只是這個病人的每年收入的二分之一或三分之一。這些病人的錢實在太多，利用他們太多的錢，來發展我們的科學研究，我看不出有什麼壞處。」

我嘆了一聲，的確，那沒有什麼害處。可是我還有一個問題，這個問題更嚴重。

我在考慮應該如何提出這個問題來，羅克已經催道：「你剛才說有兩個問題，還有一個是什麼？」

我緩緩地道：「你們一再強調，後備人沒有思想，沒有意識，由於他們是培育出來的，不能算是一種生命，是不是？」

他們沉默了片刻，哥登才道：「意思是這樣，可是修辭上可以商榷，例如說他們根本是實驗室中的產品，培育他們的目的，就是當作後備。」

我提高了聲音：「對這一點，我有異議，他們可能不是全無智力和思想，至少，他們會逃亡。而且，當他們逃亡之際，被你們派出來的人捉回去的時候，他們也會掙扎，他們要自由。」

我說得十分嚴肅，以為我的話，一定可以令得他們至少要費一番心思，才能有所解答。可是，結果卻出乎意料之外，我的話，惹來了一陣輕笑聲。

羅克道：「第一，他們不是逃亡，而是在固定的行動訓練之中，工作人員一時的疏忽，讓他們走了出去。其實，即使是最無意識的生物，遭到外來力量改變固有的行動，都會有自然掙扎行動的。」

我還想說什麼，哥登已道：「衛先生之所以會有這樣的疑問，是由於他對後備的生活情況不了解，我提議索性讓他去看一看，他就會明白。」

杜良皺着眉：「其實，那並不好看——」

我一下子就打斷了他的話頭：「即使不好看，我也要看。」

那情形真的一點也不好看，不但不好看，甚至令人感到極度的嘔心，嘔心到我實實在在，不想詳細將「後備」的生活情形寫出來，只準備約略寫一寫。

他們的外形，全是人，而且，當我乍一看到他們的時候，着實嚇了一大跳，世界上任何一次重要的會議，都不會有那麼多的大人物集中在一起。

然而，他們全是大人物的後備，是準備在大人物的身體出毛病之後「用」的。他們的一切，全要由他人照顧，包括進食、排泄。

我只好說，我看到的「後備」，都受到十分良好的照顧，這種生命，是不是真是生命，還是不算是生命，令得我也迷惑了起來。

杜良他們，將秘密毫無保留地展現在我的面前，我對他們十分感謝，我心中的謎團，也全部解開了。可是如果要我完全同意他們的觀念，我卻也做不到。我是不是要反對他們的行動，我也下不了決斷。一句話，我完全迷惑。

當我要離開之際，杜良帶我到另一間手術室之中，取出了一柄極鋒利的小刀來，向我示意着，我伸出手，讓他在我的手指上，輕輕劃了一下，讓一滴血，滴進了一個小瓶之中。

我在這樣做的時候，自然明白，這一小滴血，他們可以成功地培育出一個後備，一旦我的身體器官有了什麼不能醫治的疾病，或是損傷，這個後備，就可以挽救我的生命。

我不禁苦笑。人類對於生命的價值觀，極度自我中心。如果一旦我有需要用「後備」，我是先考慮自己的生命，還是後備的生命？那時，我就會想，後備算什麼，只不過是我身上的一個細胞，身上每天都有不知多少細胞在死亡。

在我最後離開醫院之前，我又和「丘倫」見了一次面。那當然不是丘倫，而是丘倫在臨死之前一剎那間，他們取了丘倫身上的細胞培育而成的一個「後備」。

不過情形不同的是，丘倫已經死了，永遠不會有用到後備的情形出現，這個後備，也就只好毫無意義地生存下去。

杜良、羅克和哥登三人送我到門口，他們三人低聲商議了一下，才由杜良發言，問道：「你對我們在進行的工作，有什麼最簡單的評論？」

這個問題，根本不必他來問我，我自己已經問過自己不知多少次了，不可能有答案，因為我對這件事的看法，極其迷惑，所謂嶄新的觀念，我完全模糊，談不到接受或拒絕。

我只好苦笑了一下：「我只能說，我無法作出任何評論。」

羅克點頭道：「唔，這個反應很正常。」

我本來已經向前走的，忽然之間，我站定了腳步，道：「如果忽然有一天，自實驗室中培育出來的人，忽然有了思想，那怎麼辦？」

哥登道：「那正是我們夢寐以求的目標。」

我吸了一口氣：「你們不覺得，如果真有了這樣的一天，不會是人類的災難？」

哥登、杜良和羅克三個人的神情，十分怪異，像是我所提出來的事，絕對不會發生一樣。

杜良道：「那怎麼會？不會有天翻地覆的變化，不會——」

我搖頭道：「別太肯定了，科學家們，別太肯定了，天翻地覆的變化，可能就是天翻地覆的災禍。」

三個人都不出聲，神情明顯地不以為然。我也不再和他們爭辯下去，因為這是未來的事，誰又能對未來的事，作出論斷？

羅克道：「你會將所知的講給海文小姐聽？」

我搖頭道：「不會，除了我的妻子白素之外，我不對任何人講，海文小姐那裏，我會用另外一個故事去騙她——」我講到這裏，頓了一頓，才道：「只怕至少要有好幾年的時間，我才能忘記後備人的那種眼光，那麼迷惘、無助，像是他們內心深處，知道自己的命運。」

杜良嘆了一聲，說道：「朋友，那是你主觀的印象，我相信，全然是你主觀的印象。」

我只好苦笑，除了相信他之外，我實在不可能再有第二條路可以走了。

海文那邊，我編了一個故事，她不知是信還是不信，反正沒有再追究下去，我幾乎像逃亡一樣，離開了瑞士。

在機場，沙靈來送我，我用最誠懇的聲音對他道：「老朋友，請相信我，一切……都不正常，但也不是我們的能力所能阻止——別發問，只要相信我就好了。我所說的沒有能力，是因為根本在已發生的事上，感到迷惑，全然不知道那是什麼事情！」

沙靈望着我，我們畢竟是老朋友，他相信了我的話，沒有再問下去。

我回家之後，對白素說起了全部經過，從白素惘然的神情看來，我知道她也難以下結論，心中和我同樣地感到迷惑。

半個月之後，陶啟泉精神奕奕地自他的私人飛機上走下來，接受着歡迎人群對他的歡呼，在他回來之後的第三天，他主動要見我。我看到他坐在寬大的、柔軟的安樂椅中，向我投以嘲弄的眼光：「誰說錢不能買命？我早就說過，錢是萬能的。」

我只好苦笑，陶啟泉向前俯了俯身：「你答應了他們，什麼人也不說？」

我有點無可奈何：「是。」

陶啟泉又坐直了身體，道：「我很感激他們，他們要求的並不多，我準備加倍給他們，表示我的感激。」

我冷冷地道：「這是你們雙方的事。」

我起身告辭，陶啟泉送我出來，拍着我的肩：「當你面臨生死大關之際，你才知道，他們的工作，如何偉大。」

我沒有加以辯論，因為，自始至終，我只感到迷惑，根本說不上是贊成還是反對。

事情到了這裏，已經可以說宣告結束了，只有一個小小的餘波，值得記述一下。

阿潘特王子在回國之後，大約三個月，就發動了一項政變，成功的政變，使他成為該國的元首，也就是說，他可以自由支配他統治地區的石油收益。

阿潘特要取得這樣的地位，當然是為了他要付給勒曼醫院的石油收益。

政變中死了不少人，這似乎是由於勒曼醫院的要求造成的，但是世界上不斷有這種事發生，看來也不能完全責怪勒曼醫院。

在以後的日子中，我很留意超級大人物受傷、生病的消息。勒曼醫院依然一點也不出名，誰也不會去留意這樣小地方的一家小醫院。

一直到有一個大人物受了傷，傷得十分重，中了兩槍，傷者已屆七十高齡，但是不到一個月，這個大人物又精神奕奕出現在公眾面前，我知道，這是勒曼醫院成功的一個例子。我不禁嘆了一口氣，心中依然迷惑。

勒曼醫院中進行的事，究竟應該怎樣下結論，只有留待歷史去評價了。

（全文完）

衛斯理小說典藏版　73

後備

作　　者：　衛斯理（倪匡）
責任編輯：　黎倩雲　　施冰冰
封面設計：　李錦興
出　　版：　明窗出版社
發　　行：　明報出版社有限公司
　　　　　　香港柴灣嘉業街18號
　　　　　　明報工業中心A座15樓
電　　話：　2595 3215
傳　　眞：　2898 2646
網　　址：　https://books.mingpao.com/
電子郵箱：　mpp@mingpao.com
版　　次：　二〇二二年八月初版
I S B N：　978-988-8828-18-0
承　　印：　美雅印刷製本有限公司